Lexa Holland

Pfoten weg von Elinor!

Roman

Bibliografische Information der Deutschen Nationalbibliothek:
Die Deutsche Nationalbibliothek verzeichnet diese Publikation in der Deutschen Nationalbibliografie; detaillierte bibliografische Daten sind im Internet über http://dnb.dnb.de abrufbar.

Herstellung und Verlag: BoD – Books on Demand, Norderstedt

ISBN: 978-3-7578-0942-3

INHALTSVERZEICHNIS

Damit ihr gleich wisst, mit wem ihr es zu tun habt, Leute: Mein Name ist Catmandu. Cat-Mandu. Alles klar? Macht nichts, ich habe auch etwas länger gebraucht, bis ich dieses Wortspielchen verstanden habe, hat ja auch amerikanischen Hintergrund. Aufgeschnappt hat es mein Frauchen Elinor in einer Folge ihrer Lieblingssitcom *„Two And A Half Men"*, wo der dämliche fette Kater von Charlies Freundin angeblich Catmandu hieß, was aber gar nicht stimmte, sondern... Na, egal. Jedenfalls heiße ich deshalb jetzt Catmandu. Ziemlich gewöhnungsbedürftiger Name für einen außergewöhnlichen Kater wie mich, aber Elinor dürfte mich sogar Rumpelstilzchen nennen, weil sie einfach *alles* darf. Ihr habe ich es nämlich zu verdanken, dass ich überhaupt irgendwie genannt werden kann, weil sie mich als Baby auf einem Bauernhof vor dem jämmerlichen Ersaufen in einem Jaucheeimer gerettet hat. Ohne auch nur eine Sekunde zu zögern, ruinierte sie ihre schneeweißen Sommerhandschuhe, nur um dieses jämmerlich schreiende kleine Etwas aus der stinkenden Brühe zu ziehen - vermutlich hat sie damals schon geahnt, was für ein Prachtexemplar einmal aus mir werden würde.

Seither gehöre ich mit allen Fasern meines Katerseins Elinor. Sie ist die allerbeste, allerklügste und allerschönste Frau auf diesem Planeten, auch wenn sie selbst das offenbar nicht weiß. Jedenfalls bricht sie vor dem Spiegel immer in Entsetzensschreie aus, wenn sie mal wieder etwas entdeckt hat, das sie *Cellulite* nennt. Keine Ahnung, was das ist, aber auf alle Fälle wäre das ein wunderbarer Name für eine Katzendame ganz nach meinem Geschmack: *Cellulite*, das klingt so vornehm. Ich mag es, wenn sie vornehm sind - aber auch ein bisschen versaut. Aber dazu später mehr.

Jedenfalls waren Elinor und ich schon drei Jahre, drei Monate und drei Tage zusammen, und ich war zu dem geworden, der ich jetzt immer noch bin: einzigartig schön mit schwarzglänzendem Fell und himmelblauen Augen. Und ein bisschen gefräßig, so bequemlichkeitsliebend wie abenteuerlustig, und natürlich in gesundem Maße sexsüchtig – also der tollste und liebenswerteste Kater der Welt! Und nicht zu vergessen: Ich habe ein Herz aus purem Gold, weshalb ich auch so schwer bin (der Tierarzt behauptet, das käme vom vielen Fressen. Ich weiß es natürlich besser).

Und da ich Elinors Zuneigung bisher weder mit einem anderen Vierbeiner noch mit einem dieser lästigen Zweibeiner teilen musste, genoss ich das herrlichste Katerleben, das man sich nur vorstellen konnte. Ich war Elinors allerliebster Liebling, ihr lebender Kummerkasten und geduldiger Seelentröster, und natürlich ihr Kuschelpartner. Und für mich stand ganz außer Frage, dass sich daran niemals etwas ändern würde.

Bis zu diesem unseligen Tag, an dem Elinors Cousine Melanie aus New York anrief.

Kap. 1
Big Apple calling - oder: Ein Unglück kommt selten allein!

Ich hatte gerade eine ausgiebige Kraulorgie mit Elinor genossen und hing noch völlig tiefenentspannt auf dem Sofa, während Elinor in der Küche ein Muffinblech mit Schokoteig füllte, als das Telefon klingelte. Ich weiß, dass sich das absurd anhört, aber ich kann von mir behaupten, dass ich schon am Klingeln erkennen kann, ob ein Anruf gute oder schlechte Neuigkeiten bringt. Im aktuellen Fall stellten sich meine gerade erst glattgekuschelten Nackenhaare auf wie ein Stachelpanzer. Das bedeutete nichts Gutes.

„Hallo Melanie, wie schön, dass du mal wieder anrufst! Na, wie läuft's in New York?"
Während Elinor den Hörer zwischen Kinn und Schulter gepresst hielt, füllte sie das letzte Muffinförmchen und schob das Blech in den Backofen. Ich spitzte in höchster Alarmbereitschaft die Ohren. Wenn Elinor mit ihrer Cousine Melanie telefonierte, war absolute Wachsamkeit angesagt, denn Melanie fragte sie jedes Mal, ob sie denn nun endlich aus ihrem Schneckenhaus herausgekrochen sei, um den Mann fürs Leben zu finden. Den Mann fürs Leben!? Den hatte sie doch längst gefunden, nämlich mich! Wann würde Melanie das endlich kapieren und mit dieser albernen Fragerei aufhören? Elinor jedenfalls hatte es längst erkannt, denn sie interessierte sich ganz offensichtlich überhaupt nicht für Zweibeiner. Sie ging

frühmorgens zur Arbeit in ihren eigenen kleinen Damenfriseursalon, wo sie ältere Damen ondulierte und jüngeren bunte Strähnchen verpasste, danach höchstens noch einkaufen, und dann schnurstracks zu ihrem Appartement. Dort lauerte ich immer schon hinter der Tür, um ihr auf dem Weg zur Küche so lange laut schnurrend um die Beine zu streichen, bis sie sich herunterbeugte, um mich ausgiebig unterm Kinn zu kraulen. Danach gab es nur noch sie und mich, den Fernseher mit unseren Lieblingsserien und ihre extra für mich frisch zubereiteten megaleckeren Häppchen.

Wenn sie ansonsten das Haus verließ, dann immer nur mit mir, und ich wusste ganz genau, wie ich irgendwelche Typen abschrecken konnte, die meinten, sie müssten Elinor in den Ausschnitt oder sonst wohin starren.

Dies war mein Revier, Jungs, und das würde ich notfalls bis aufs Blut verteidigen!

„Nein, Melanie. Nichts in Sicht. Und du weißt doch, dass ich seit der letzten enttäuschenden Erfahrung auch keinerlei Interesse an einer neuen Beziehung habe."

Sie schaute zu mir herüber und zwinkerte mir zu, als ob sie wüsste, dass ich jedes einzelne Wort mithörte und verstand. Ich zwinkerte zurück.

„Ich hab' meinen Friseursalon, meine Wohnung und meinen Kater – mehr brauche ich nicht."

Ja, genau, Elinor! *Keinerlei* Interesse an Männern! Du hast ja mich! Ich begann behaglich zu schnurren, auch wenn ich mir gewünscht hätte, dass sie mich in der Aufzählung dessen, was sie hatte und liebte, an erster Stelle genannt hätte. Aber Hauptsache war ja, dass sie es wusste, dass ich den ersten und einzigen Platz in ihrem Herzen hatte.

Aber dann begann sich der wolkenlose Katzenparadieshimmel mit einem Schlag zu verfinstern. Jedenfalls erstarrte Elinor, die gerade dabei war, die benutzten Backutensilien in die

Spülmaschine zu räumen, plötzlich mitten in der Bewegung, der schokoladenteigverschmierte Schneebesen fiel ihr aus der Hand und schepperte über den schönen hellgrauen Küchenboden. Sie sah aus, als hätte sie gerade einen Geist gesehen, und sagte: „Mein Gott, das ist ja fantastisch!"

Meine gerade erst glattgelegten Nackenhaare stellten sich schlagartig wieder auf. Elinor sah nämlich gerade überhaupt nicht aus wie jemand, der etwas fantastisch fand, aber vielleicht hatte ich da ja etwas missverstanden.

„Herzlichen Glückwunsch, Melanie! Ich freue mich so für dich! Warte mal, ich schalte die Mithörfunktion ein, dann muss ich dieses Ding nicht die ganze Zeit mit mir herumtragen."

Na endlich! Ich musste schließlich auch mithören, was Elinor gerade so aus der Bahn geworfen hatte.

„Also du heiratest, Melanie. Und", sie schluckte, als müsste sie einen riesigen Kloß hinunterwürgen, „du bekommst ein Baby."

„Ja, ja, ja, Elinor! Du kannst dir gar nicht vorstellen, wie glücklich ich bin – wie glücklich *wir* sind!"

Elinor schluckte noch einmal.

„Wir kennen uns zwar erst seit ein paar Monaten, aber Bernie ist mein absoluter Traummann, Elinor! Du weißt ja, wie wir uns kennen gelernt haben, auf meinem Flug nach New York zu der Gastmoderation bei Good-Morning-YOU!!"

Melanie seufzte, und es klang einfach irgendwie mordsmäßig glücklich.

So ein Mist! Jetzt kam bestimmt gleich wieder diese unvermeidliche Predigt, dass meine Elinor sich endlich auch einen Zweibeiner zulegen sollte, mit dem sie glücklich wäre bis an ihr Lebensende. Was im Übrigen ein total schlechter Witz ist, denn wie man weiß, reicht dieses „bis ans Lebensende" doch normalerweise bei Männern gerade mal so weit, bis irgendeine Silikonbarbie ihre künstlichen Brüste um die Ecke schiebt.

Unwillkürlich schnaubte ich verächtlich, so dass Elinor besorgt zu mir herübersah. Sie fragte sich vermutlich, ob ich wieder diesen widerlichen Katzenschnupfen bekam.

„Ja, du bist ein echter Glückspilz, Melanie. Ich kenne deinen Bernie zwar noch nicht, aber jedes Mal, wenn ich dich so von ihm reden höre, könnte ich dann doch fast ein bisschen neidisch werden. Und wenn ich nur erstmal jemand zum Kuscheln hätte, und für, na ja, du weißt schon", Elinor seufzte, aber bei ihr klang es irgendwie nicht nach *Ich bin mit meinem wunderbaren Kater glücklich!*, sondern nach *Sag' mir, wie und wo ich auch so einen tollen Mann finde!*

Jetzt begann sich vor wachsender Panik auch mein restliches Fell zu sträuben.

Jemanden zum Kuscheln?! Als ob ich nicht der ideale Kuschelpartner wäre, ich würde mich doch stundenlang durchkraulen lassen, wenn Elinor das so lange durchhielte. Und dass sie mit diesem „Na ja, du weißt schon" Sex meinte, war mir klar. Aber für so eine bedeutungslose Zehnsekundensache brauchte man doch nicht gleich zu heiraten! Also ich selbst drehte dafür mal eben drei Runden über die Dächer, zog ein paar mickrigen Rivalen eines mit der Pfote über die Schnauze, damit sie sich eilends verkrümelten - und los ging's! Irgendwo fand sich immer eine einsame Katzendame, die für ein bisschen Zuwendung dankbar war, und danach ebenso wie ich auf Nimmerwiedersehen zu ihrem Frauchen oder Herrchen verschwand.

Aber Elinor und Melanie walzten das Thema noch gründlich aus, wobei immer wieder „Traummann" und „verlieben" und „Singlebörse" und ähnlich unheilvolle Wörter fielen, aber das wirklich Allerschlimmste kam dann ganz am Schluss.

„Aber was machst du, Elinor, wenn dein Traummann eine Katzenallergie hat?" K-a-t-z-e-n-a-l-l-e-r-g-i-e. Eines der schlimmsten Wörter, die man im Beisein einer Katze aussprechen kann. Fast so schlimm wie K-r-a-l-l-e-n-z-i-e-h-e-n oder V-e-g-e-t-a-r-i-s-c-h-e W-u-r-s-t.

Ich spitzte so sehr die Ohren, wie ich sie vermutlich noch nie in meinem Katerleben gespitzt hatte. Ich konnte nur hoffen, dass sie sich nachher wieder in ihre ursprüngliche Form zurückbewegen ließen.

„Na ja, dann werden wir eine Lösung finden müssen, dann muss ich Catmandu", weiter kam sie nicht, denn just in dem Moment sah sie die zarte Rauchwolke, die sich aus der Küche schlängelte und den Geruch nach verbrannten Muffins zu uns ins Wohnzimmer trug. Damit endete diese alarmierende Konversation mitten im wichtigsten Teil, aber es war ganz klar, womit sie letztlich geendet hätte: mit dem noch grauenhafteren Wort T-i-e-r-h-e-i-m. Elinor würde mich ins Tierheim stecken, wenn sie ihren Traummann gefunden und der eine Katzenallergie hätte! Und mal ehrlich: Eine Katzenallergie würden sie doch vermutlich plötzlich alle haben, wenn sie sich entweder davonmachen (gut!) oder aber dafür sorgen wollten, dass die Katze sich davonmacht (ganz schlecht!).

Während Elinor panisch nach dem Topflappen suchte, verkroch ich mich mindestens genauso panisch auf der Couch unter meinem Lieblingskissen und begann unverzüglich und fieberhaft mit der Ausarbeitung eines absolut unfehlbaren Männer-Vergraul-Plans.

Denn eines war sicher: Eher ginge eine Katze durch ein klitzekleines Mauseloch als ich ins Tierheim!

Wenn ich so bedachte, wie viele zweibeinige Rivalen ich die letzten Jahre aus dem Feld geschlagen hatte, war ich eigentlich fast ein bisschen stolz. Immer wieder hatte es Kandidaten gegeben, die sich ganz verstohlen oder auch mehr oder weniger dreist an Elinor heranmachten, aber ich durchschaute und vertrieb sie schneller als sie blinzeln konnten. Dafür war Elinor mir bestimmt noch heute dankbar, denn sie war einfach zu gut für diese Welt und fiel erfahrungsgemäß ausgerechnet auf die windigsten Typen herein. Alles, was die Kerle in den allermeisten Fällen wollten, war doch einfach, täglich von ihr bekocht zu werden, so oft es nur ging Sex, einmal im Monat kostenlos Haare schneiden, und dass sie ihnen ihre ausgeleierten Baumwoll-Feinripp-Unterhosen und stinkenden Socken wusch – sie suchten also einfach eine kostenlose Haushälterin, mit der sie sich je nach Lust und Laune vergnügen konnten. Natürlich versuchten sie, sich zu verstellen und echte Gefühle vorzugaukeln, aber ich durchschaute auch die scheinheiligsten Typen und vertrieb sie mit allen nur denkbaren Mitteln, wozu unter anderem auch gehörte, dass ich heimlich auf ihre Klamotten pinkelte, während sie mit Elinor im Schlafzimmer verschwunden waren.

Da gab es natürlich auch Typen, die ich gar nicht erst vertreiben musste, weil sie schon selbst dafür sorgten, dass sie nicht für weitere Treffen in Frage kamen. Da war zum Beispiel der Mönch gewesen, der das sexuelle Fasten offenbar satt hatte, und jedes Mal laut den Rosenkranz betete, um gleich danach eine noch wildere Runde einzulegen. Oder ein *„selbstbewusster Manager auf der Suche nach der Frau seines Lebens"*, bei dem sich herausstellte, dass er diese bereits bei seiner Geburt gefunden hatte. Er rief alle halbe Stunde seine überbesorgte Mutter an und berichtete ihr mit Kleinjungenstimme haarklein, was die letzte halbe Stunde vorgefallen und er ganz bestimmt ein braver Junge gewesen war. Oder mein Lieblingskandidat: der laut Kontaktanzeige *„wahnsinnig zärtliche, romantische, einfühlsame Gentleman im Maßanzug"*, der in Elinors Badezimmer in Windeseile eine ungeahnte Transmutation durchmachte: er stand plötzlich nackt mit Peitsche, grimmigem Gesicht und einer Familienpackung schwarzer Kondome bewaffnet vor ihr.

Und am Ende saß ich dann jedes Mal mit Elinor auf der Couch und tröstete sie mit meinem allerschönsten Katerschnurren, während sie ein bisschen in ein Taschentuch schniefte. Dann machte sie sich und mir ein paar von ihren wunderbaren Leckerlis, legte eine DVD mit unserer Lieblingsserie *King Of Queens* ein, und spätestens kurz vor dem Ende der jeweiligen Folge lachten wir beide wieder wie immer über die Erlebnisse von Doug, Carrie und ihrem Vater.

Die Welt und mein Katzenparadies waren wieder in Ordnung!

Aber jetzt, nach diesem Anruf von Melanie, war schlagartig alles anders. Da war mir zum ersten Mal so richtig klargeworden, dass im Grunde *jeder* Mann existenzbedrohend für mich war, denn jeder einigermaßen gewiefte Typ würde doch ganz einfach drei Mal möglichst auffällig schniefen und dann behaupten, er hätte eine Katzenallergie, wenn er ahnte, dass er mich dadurch loswerden konnte.

Meine Tage würden gezählt sein, sobald ein Mann auch nur nahe genug an meine Elinor herankam. Das musste ich also unbedingt verhindern.

Da half erstmal nur eines: ein nächtlicher Spaziergang über die Dächer mit Eddy, meinem rotbraun getigerten Kumpel aus dem Nachbarrevier. Eddy war kastriert und deshalb dick wie ein Wäschesack, durch kühne Revierkämpfe auf einem Auge blind und auch sonst etwas lädiert, aber gutherzig und der beste Freund, den man sich vorstellen konnte. Seit wir gemeinsam einen arroganten schwarzen Katzengigolo mit dem lächerlichen Namen Heribert vertrieben hatten, waren wir ein Herz und eine Seele.

Und da Eddy sein Frauchen auch schon erfolgreich gegen den einen oder anderen unwürdigen Zweibeiner verteidigt hatte, war er genau der richtige Ratgeber für mein Problem.

Nachdem also Elinor das eingebrannte Backblech eingeweicht, uns etwas zu futtern gemacht und mit mir drei Folgen *King Of*

Queens angeschaut hatte, ging sie schlafen. Gefuttert hatte allerdings ausnahmsweise nur Elinor, denn der Appetit war mir nach diesem Telefonat schlagartig vergangen.

Ich schlich mich aufs Dach und machte mich auf die Suche nach Eddy.

„Hey, Catmandu, alter Freund - ich habe dich hier oben schon ein Weilchen nicht mehr gesehen!" hörte ich seine vertraute freundliche Stimme, als ich unseren üblichen Treffpunkt auf dem Flachdach ansteuerte, einen halbverfallenen Schornstein.

„Hey, Eddy! Stimmt, ist bestimmt schon fast eine Woche her, seit ich zuletzt hier oben war. Na ja, es gab nichts Neues, und mir war auch nicht nach einem Nümmerchen mit den zurzeit hier herumstreifenden Mädels. Ich fand sie ein bisschen zu gewöhnlich, wenn du weißt, was ich meine."

Wie bereits gesagt: Ich mag es, wenn sie vornehm sind – natürlich auch ein bisschen versaut, aber dabei doch immer eine Lady. Man darf nicht merken, dass sie nichts lieber hätten, als dass man sich leidenschaftlich über sie hermacht und sie ein bisschen beglückt. Wenn es soweit ist, dürfen sie natürlich zeigen, was wirklich in ihnen steckt, aber bis dahin: immer schön vornehm!

Leider findet man diese Kombination selten, aber hin und wieder läuft mir doch eine Katzendame über den Weg, die den edlen Namen „Cellulite" verdient hätte.

Aber Eddy konnte da leider sowieso nicht mehr mitreden, er war kastriert und hatte deshalb mehr Lust auf fetttriefende Würstchen als auf bereitwillig maunzende Katzendamen, egal wie schön und verführerisch sie waren. Armer Kerl! Ich brachte ihm hin und wieder ein paar von Elinors hervorragenden selbstgemachten Katzenleckerlis aufs Dach, über die er sich dann jedes Mal mit so viel Begeisterung hermachte wie ich über eine attraktive paarungswillige Katzendame.

Na ja, jedem das Seine. Hauptsache, mein guter alter Eddy war glücklich, wenn man ihn schon heimtückisch seiner Männlichkeit beraubt hatte.

„Eddy, alter Kumpel, ich brauche deine Hilfe. Nachdem ich schon gedacht hatte, dass sie diese Idee aufgegeben hat, will Elinor sich jetzt doch ernsthaft und zu allem entschlossen auf die Suche nach einem passenden Zweibeiner machen, weil ihre Cousine heiratet und ein Baby bekommt."

Ich sog die kühle Nachtluft hörbar ein.

„Und wenn sie ihn gefunden hat, werde ich, hm, werde ich ins, äh", ich brachte das verhasste Wort kaum heraus, „ins T-i-e-r-h-e-i-m abgeschoben, weil er garantiert behaupten wird, er hätte eine Katzenallergie!"

Allein schon die Vorstellung, wie ich in einer dieser Plastikboxen in so einen Katzenknast transportiert und dort für immer zurückgelassen oder von irgendwelchen seltsamen Leuten dort abgeholt würde, als Spielzeug für ihr grässliches Kind, verursachte mir allergrößtes Unbehagen.

„Hey, mein Freund – du siehst ja aus wie ein Stachelschwein, so hat sich dein Fell gesträubt!"

Eddy lachte sein herrliches brummendes Katerlachen, und augenblicklich entspannte ich mich wieder.

„Jetzt mach' mal halblang! Elinor bringt dich doch niemals in ein Tierheim, dazu liebt sie dich doch viel zu sehr." versuchte er mich zu beschwichtigen, aber ich wusste es besser. Ich hatte es ja mit meinen eigenen zwei Katerohren sozusagen fast gehört! Sie hatte das hässliche Wort T-i-e-r-h-e-i-m nur wegen des qualmenden Backofens nicht mehr aussprechen können.

Ja, Elinor liebte mich, da gab es gar keinen Zweifel. Aber Liebe hin oder her, ein Traummann schien sogar bis dahin heiß und innig geliebte allerwunderbarste Kater wie mich aus dem Feld zu schlagen. Das war eine wirklich niederschmetternde Erkenntnis, die meinem bisher unerschütterlichen Selbstbewusstsein einen ernsthaften Tiefschlag versetzte.

Mir wurde so flau, dass mir ein wirklich jämmerlicher Maunzer entfuhr, für den ich mich sogleich ziemlich schämte. Aber Eddy war ein wahrer Freund, er tat so, als habe er dieses würdelose Gejammer nicht gehört.

„Pass mal auf, Catmandu. Du musst jetzt versuchen, Ruhe zu bewahren. Vielleicht hat Elinors Traummann ja auch eine Katze! Hast du denn darüber schon mal nachgedacht?".

Oh, guter alter Eddy – nein, das hatte ich tatsächlich noch gar nicht in Erwägung gezogen! Ich hielt das zwar für so unwahrscheinlich wie einen Schneesturm an einem Augusttag, aber - völlig ausgeschlossen war es natürlich auch nicht, wenn ich mir das so recht überlegte!

Meine Stimmung hob sich augenblicklich in etwas lichtere Höhen.

Es ging doch nichts über einen wirklich guten Freund, der einem die Perspektive von der eigenen Schnauze weg mal wieder ein bisschen geraderückte!

Ich war zwar sehr skeptisch, dass Elinor auf so ein Wunderexemplar stoßen könnte, weil Männer eigentlich lieber einen Hund als eine Katze zu ihrem besten Freund erklärten. Aber ich beschloss, es trotzdem wenigstens ein ganz kleines bisschen für möglich zu halten, auch wenn ich selbstverständlich weiterhin höchst wachsam sein würde, sobald ein Mann auch nur in Elinors Nähe auftauchte.

Ob ein Mann eine Katze hatte, würde sich ja ganz schnell herausstellen, und dann würde entweder das vorsichtige Beschnuppern dieses Zweibeiners beginnen – oder der erbarmungslose Kampf gegen ihn.

Ich war so erleichtert über diese neue Aussicht, dass ich Eddy wie eine rollige Kätzin mit der Nase anstupste und ihn damit zum Lachen brachte.

„Keine Chance, alter Kumpel, du weißt doch: Ich bin kastriert!"

Da musste auch ich lachen.

„Weißt du, Catmandu, wenn einer eine Katze hat, dann hat er weder eine Katzenallergie noch brauchst du irgendwelche Bosheiten von ihm zu befürchten. Der weiß doch dann, wie wir ticken, und würde dich bestimmt auch mögen! Und er würde dir ganz bestimmt den Platz bei deiner Elinor einräumen, den du verdient hast."

Eddy fand einfach immer die richtigen Worte.

„Danke, mein guter Freund, du hast mich gerettet! Ich werde zwar wachsam sein wie ein deutscher Schäferhund, aber sollte tatsächlich einer mit Katze kommen, dann werde ich mir das Ganze erstmal vorsichtig anschauen. Auch wenn ich natürlich nicht wirklich glaube, dass das passieren wird."

Eddy grinste wie Kater eben grinsten, wenn sie so richtig zufrieden mit sich sind und Dinge wissen, die der andere noch nicht weiß.

„Halt einfach die Augen offen und die Ohren steif, dann wird das schon klappen, mein Lieber. Und du kannst mich ja jederzeit hier oben auf ein Schwätzchen treffen. Ich bin natürlich neugierig, wie das so weitergeht."

„Das werde ich, Eddy, versprochen! Und übrigens, äh", ich grinste ihn ein bisschen verschämt an, denn mit dieser neuen besseren Aussicht war auch mein Appetit schlagartig zurückgekehrt, und zwar auf Leckerlis jeglicher Art. Elinors Leckerlis standen unten auf dem Wohnzimmertisch, aber hier oben gab es ja vielleicht auch welche, „mal so ganz nebenbei, wo ich jetzt schon hier bin: Ist da nicht neulich so eine überaus bezaubernde Katzendame an uns vorbeigehuscht, als wir zusammen den Mond betrachtet haben? Ich könnte mir gerade vorstellen," Eddy ließ mich gar nicht erst ausreden, er kannte mich eben in- und auswendig und konnte außerdem wie jede Katze Gedanken lesen.

„Ja, ja, die habe ich übrigens vorhin gesehen, ich glaube, sie sitzt da hinten, hinter der Glaskuppel", er zeigte mit der Pfote auf das Nachbardach, und tatsächlich – da saß sie, unbeweglich und schweigend, in vornehmster Haltung, aber mit vielversprechend glitzernden grünen Katzenaugen.

Eddy und ich gaben uns wie immer zum Abschied eine High-Five, dann trollte er sich breit grinsend Richtung Feuertreppe.

Ich war ein Kater, und zwar ein wunderbarer, und ich war nicht kastriert. Und das würde ich der hübschen Lady da drüben jetzt beweisen.

Kap. 2
Auf in den Kampf!

Am nächsten Morgen beim Frühstück redete Elinor dann mit mir über ihre Pläne, genauer: sie redete, und ich lauschte.

„Ich habe gute Neuigkeiten für dich, Catmandu!"

Ich spitzte unwillkürlich die Ohren. Gute Neuigkeiten? Ich dachte, sie würde sich jetzt auf die Suche nach einem Konkurrenten machen! Sollten sich ihre Pläne etwa über Nacht geändert haben? Oh du wunderbarer Katzengott, ich danke dir, dass du meine flehentlichen Gebete von gestern Nacht erhört hast! Elinor hatte eingesehen, dass ich ihr ein und alles war und sie deshalb keinen störenden Zweibeiner brauchte!

Mit der Luft, die ich erleichtert ausstieß, hätte man einen ganzen Luftballon aufblasen können.

„Genau, du hast es schon geahnt, mein allerliebster Catmandu! Ich sorge endlich dafür, dass du auch noch ein Herrchen bekommst. Das freut dich bestimmt ganz doll, oder?"

Elinor strahlte mich mit ihren himmelblauen Augen an und kraulte mich liebevoll unterm Kinn, während ich vor Schreck nach der Luft schnappte, die ich leider gerade leichtsinnigerweise verschwendet hatte.

Ja, klar, Elinor – und wie mich das freute!! Ich bin ganz verrückt vor Freude, ich wünsche mir doch seit Jahren nichts sehnlicher, als dass du endlich so einen Schmarotzer anschleppst, der mich von meinem Lieblingskissen und aus deinem Herzen vertreibt! (Übrigens, Herr Katzengott: Das war das erste und letzte Mal, dass ich dich um einen Gefallen gebeten habe!).

„Ach Gott, da bleibt dir ja vor Freude glatt die Luft weg! Das ist ja richtig rührend, mein Süßer!"

Elinor war tatsächlich gerührt über meine vermeintliche Begeisterung, sie musste sich sogar ein Tränchen aus dem Augenwinkel wischen. Fast bekam ich ein schlechtes Gewissen, aber das legte sich ganz schnell wieder. Gott sei Dank hatte Elinor es heute eilig, weil eine ihrer Angestellten sich gerade telefonisch bei ihr krankgemeldet hatte und sie nun auch noch deren Kundinnen übernehmen musste. So konnte ich die bittere Pille erstmal in Ruhe verdauen.

Elinor schnappte sich ihre Sandwichbox und die Jacke und winkte mir noch einmal fröhlich zu.

Dann zog sie die Tür hinter sich ins Schloss und ließ mich allein mit meinem sprichwörtlichen Katzenjammer.

In den nächsten Tagen entwickelte Elinor so viele Aktivitäten, dass ich Mühe hatte, alles im Auge zu behalten.

In einem ersten Brainstorming war die Teilnahme an Fernsehformaten wie „Bauer sucht Frau" und „Schwiegertochter gesucht" Gott sei Dank ausgeschieden. Ich wollte auf gar keinen Fall, dass meine wunderbare Elinor in irgendeinem Kuhdorf in Gummistiefeln für irgendeinen Hinterwäldler dessen Stall ausmistete, und das dann auch noch im Fernsehen gezeigt wurde. Und wo in so einem Fall dann mein Platz sein würde, war ja klar: nicht auf meinem seidenen Lieblingskissen, sondern auf kratzigen Strohballen in einer halbverfallenen Scheune, wo ich unappetitliche Bauernhofmäuse durchs Gebälk jagen müsste, um nicht zu verhungern. Nein – danke!

Nach einem Anruf bei einem Partnervermittlungsinstitut beerdigte Elinor auch diese Idee. Als sie hörte, wie viele Tausender sie dort auf den Tisch blättern sollte, nur um vermutlich ein paar schwer vermittelbare Muttersöhnchen oder beziehungsunfähige Egomanen vorgestellt zu bekommen, wurde auch dieser Punkt von der Liste „Wie finde ich meinen Traummann" gestrichen.

Zu guter Letzt blieb dann noch ein einziger Punkt übrig: Internet. Elinor meldete sich schließlich bei der Singlebörse *Never-Ever-Lonely* an, die von einer Testagentur als die beste bewertet worden war. Nun brauchte sie noch ein aussagekräftiges Profil, das möglichst viele Männer auf sie aufmerksam machen sollte. Ich hoffte natürlich insgeheim, dass genau das nicht eintraf, denn ich wollte mit der ganzen Sache so wenig Arbeit wie möglich haben. Aber mir waren ja vorerst sozusagen die Pfoten gebunden.

Elinor und ich saßen also nach dem Abendessen zusammen an ihrem Computer und starrten auf einen Fragebogen mit vielen verschiedenen Kästchen.

Elinor begann auszufüllen und anzukreuzen:

Wohnort: Berlin

Alter: 32

Größe, Figur: 165, schlank

Augenfarbe: blau

Haarfarbe: blond

Aussehen: attraktiv

Kleidungsstil: sportlich-schick

Musikrichtung: Schlager

(an dieser Stelle stieß ich versehentlich den üblichen vermeintlich be-
geisterten Katzenjauler aus, den ich Elinor zuliebe immer dann parat
hatte, wenn sie ihren Schlagerliebling Marko Faszinetti auflegte)

Filme: Fernsehserien wie King Of Queens, Two-And-A-Half-Men, Lillyhammer, Sherlock Holmes, Sex and the City

Kochkenntnisse: Leidenschaftliche Köchin

Haustiere: Katze

Männertyp: dunkelhaarig, 175-190, schlank, sportlich, südländischer Typ

Weitere Interessen: Esoterik

Oh ja, meine Elinor liebte alles, was mit Esoterik zu tun hatte. Unsere Wohnung beherbergte ein Sammelsurium an Heilsteinen in den unterschiedlichsten Farben und Formen, überall standen Teelichter und Kerzen herum, über die ich steigen oder sie vorsichtig umrunden musste, um ja nichts umzustoßen oder mein Fell in Brand zu setzen. Über ihrem Bett hing ein Traumfänger, und wenn sie von der Arbeit kam, zündete sie als erstes Räucherstäbchen an, um, wie sie sagte, ihre Aura zu reinigen. Keine Ahnung, was eine Aura war, aber es schien so eine Art für Katzen unsichtbarer Mantel zu sein. Das Bücherregal quoll über vor Esoterikbüchern, die so ulkige Titel hatten wie „Wer war ich in meinem früheren Leben?". Na, wer wohl? Ich war in meinem früheren Leben natürlich ICH! Für diese Erkenntnis brauchte man doch kein Buch! Zwei-, drei Mal im Jahr suchte sie mit mir im Schlepptau eine Wahrsagerin auf, die aber meiner bescheidenen Meinung nach ungefähr so hellsichtig war wie eine Fledermaus. Sie reagierte nämlich genau wie Fledermäuse im Grunde nur auf das Echo, das sie von den vorwiegend weiblichen Kunden auf ihre schwammigen Aussagen hin bekam, um dann daraus Prophezeiungen zu basteln, die in der Regel niemals eintrafen.

Elinor kreuzte dann im Internet-Fragebogen bei Beruf noch „selbständig" an, denn sie hatte ja ihren eigenen kleinen Friseursalon.

Auf dem Foto, das sie ganz am Schluss noch hochlud, konnte man auch sehen, was mir so besonders an ihr gefiel: Sie hatte sich eine einzelne Haarsträhne über der Stirn blau gefärbt, was ihre himmelblauen Augen noch mehr strahlen ließ.

Ach, meine wunderbare Elinor!

Soweit entsprach also alles den Tatsachen. Außer was das Aussehen betraf – da hatte sie nämlich stark untertrieben, denn sie war sogar superhübsch. Sie erinnerte mich irgendwie an eine meiner Lieblingsschauspielerinnen: Meg Ryan. Sie hatte das gleiche wunderbare Lächeln wie Meg, die gleichen blonden Haare und blauen Augen und die gleiche tolle Figur – aber ich übertreibe nicht, wenn ich behaupte, dass meine Elinor sogar noch hübscher war als Meg.

Ihre Vorliebe für Schlager war allerdings eine Qual für mich. Ich musste ständig mit ihr das unerträgliche Liebesgeschmachte irgendwelcher Schnulzenheinis anhören, allen voran Marko Faszinetti, wenn das Fernsehprogramm mich nicht mit einer unserer Lieblingsserien rettete.

Sie war dafür aber die weltbeste Köchin, für ihre sagenhaften Fischfrikadellen würde ich sogar den Ärmelkanal durchschwimmen. Und das will etwas heißen, denn Katze und Wasser – das geht ja normalerweise gar nicht!

Dass im Profil nach Haustieren gefragt wurde, war hervorragend, denn „Katze" würde jede Menge Konkurrenten schon im Vorfeld ausschalten, da war ich sicher.

Elinors Hang zur Esoterik war zwar etwas gewöhnungsbedürftig, aber gleichzeitig ungemein praktisch, weil Männer davon in der Regel abgeschreckt wurden. Sie stellten sich offenbar automatisch eine Frau vor, die mit wirrem Blick in wallenden Gewändern durch die wabernden Nebel von Avalon hüpfte und dabei Zaubersprüche aufsagte. Zumindest hatte das mal einer so gesagt, der sich aus purer Neugier dann doch mit Elinor getroffen hatte. Dass letztlich nichts daraus wurde, obwohl es sich ganz vielversprechend anließ, hatte weniger mit Elinors Esoterikfimmel als vielmehr mit meinem eigenen magischen Blick zu tun, vor dem er schließlich panisch die Flucht ergriff.

Also wie gesagt: Die Angaben im Profil entsprachen ganz den Tatsachen.

Dann noch ein letzter Klick, und Elinor war für alle interessierten Männer, die sich auf diesem Portal herumtrieben, kontaktierbar.

Ich ahnte, dass mir dieser winzige Klick riesige Probleme bescheren würde, und verkroch mich wieder unter mein Lieblingskissen, um weitere Feinarbeiten an meinem Männer-Vergraul-Plan durchzuführen.

Als wir am nächsten Abend gemeinsam ihr Mailpostfach sichteten, sie von ihrem Bürostuhl, ich von ihrer Schulter aus, fanden wir darin rund 200 Nachrichten. Man hätte meinen können, die Kerle hätten nur darauf gewartet, dass Elinor endlich auf diesem Singleportal auftauchte.

Das gefiel mir ganz und gar nicht.

Allerdings hob sich meine Laune deutlich, nachdem sie mir die ersten Mails vorgelesen hatte. Darunter war diese hier noch die harmloseste: „Halo schöhne Frau, würde dich gerne kennen lernen und von dir verwöhnen lasen mit gutem Essen und guten Sex! Ps: stolze 27cm!".

Himmel, was war das denn für eine armselige Anmache, und dazu noch mit grausigen Rechtschreibfehlern, die sogar mir auffielen, obwohl ich bisher nicht über die ersten Leseübungen in den Frauenzeitschriften, die Elinor immer aus dem Friseursalon mitbrachte, hinausgekommen war?

Elinor hatte bei dieser und einigen weiteren ähnlich dämlichen Mails zu Anfang noch Lachanfälle bekommen, aber je mehr sie las, desto stiller wurde sie. Offenbar sank ihre Hoffnung, hier neben all diesen armseligen Trotteln ihren Traummann zu finden, mit jeder weiteren Mail. Eigentlich gut für mich. Aber ich konnte es dann doch nicht ertragen, sie so traurig zu sehen. Also rieb ich meinen Kopf zärtlich an ihrem Hals und schnurrte mein allerbestes, aufmunterndes Katerschnurren.

Elinor las weiter, Mail Nummer 76.

„Hallo Fremde, wann darf ich in deine schönen blauen Augen schauen? Bei mir geht es leider nur 1x im Monat, weil ich zurzeit wegen einer wirklich unbedeutenden Sache 20 Jahre im Gefängnis bin, aber ich freue mich schon auf unser erstes Treffen hier in der Liebeszelle!"

Noch so ein Hoffnungskiller, und vermutlich sogar ein echter, bei 20 Jahren Gefängnis!

Bei Mail 95 schien Elinor dann aber endlich einen Treffer zu landen.

„Hallo, ich bin seit zwei Jahren Single und auf der Suche nach einer Frau mit einem großen Herzen und Lebenserfahrung. Ich würde dich gerne näher kennen lernen. Schau doch mal in mein Profil. Wenn es dir zusagt, kontaktiere mich bitte. Viele Grüße, Tim" Hm, das klang zumindest nicht nach „Ich bin ein Serienmörder auf der Suche nach meinem nächsten Opfer und möchte einen hübschen Lampenschirm aus deiner Haut machen".

Elinor schaute sich das Profil dieses Tim an, und ihrem zufriedenen Gesichtsausdruck konnte ich entnehmen, dass es ihr gefiel.

„Was meinst du, Catmandu, soll ich den mal treffen?"

Sie zeigte auf das Foto, das Tim eingestellt hatte.

Na ja, er sah ja ganz nett aus, das musste ich zugeben.

Elinor schaute mich erwartungsvoll an, aber da ihre Versuche, mir das Sprechen beizubringen, bisher nicht gefruchtet hatten, zwinkerte ich einfach zwei Mal, wie gewöhnlich, wenn ich ihr Zustimmung signalisieren wollte. Je schneller wir diesen unvermeidlichen Datingmarathon hinter uns brachten, desto besser. Denn wer am Ende der Sieger sein würde, war ja sowieso schon klar.

Elinor platzierte ein Sternchen hinter dem Profil von Tim und kämpfte sich tapfer weiter durch die restlichen Mails und Profile. Am Ende blieben von den zweihundert dann gerade mal fünfzehn mit Sternchen übrig.

Sie sah mich fragend an, ich zwinkerte wieder zwei Mal, und so schrieb sie schließlich allen fünfzehn, dass sie gerne telefonieren würde, um ein Treffen zu vereinbaren.

Ich war erleichtert. Das war ja eine überschaubare Herausforderung für mich.

Das glaubte ich da jedenfalls noch.

Schon eine halbe Stunde später war die Antwort von Tim da. Er schickte seine Telefonnummer und schrieb, dass er sich sehr auf das Telefonat mit Elinor freue.

Und fünf Minuten später unterhielten sie sich sehr angeregt, während ich mit jedem Lacher von Elinor mürrischer auf meinem Lieblingskissen in mich zusammensank.

Doch plötzlich wurde ich hellhörig.

„Oh, das hattest du ja im Profil gar nicht erwähnt, Tim! Mal sehen, was mein Kater dazu sagen wird!"

Sie nannte ihn schon ganz vertraut Tim, während ich plötzlich nur „ihr Kater" war. Alarmstufe Rot! Ich sprang von meinem Kissen und robbte heimlich näher heran, um auch alles ganz genau zu hören, das dieser Tim da von sich gab.

„Wir könnten ja mal mit den beiden zusammen einen Spaziergang machen, dann sehen wir, wie sie sich vertragen."

Ich ahnte Ungutes. Hatte er vielleicht Kinder?

„Nein, keine Sorge! Catmandu ist der freundlichste Kater der Welt, und" sie unterbrach sich und kicherte wie ein Schulmädchen, „ja, genau, er heißt Catmandu! Und wie heißt", sie wurde offensichtlich wieder von ihm unterbrochen. Seine Manieren ließen eindeutig zu wünschen übrig.

„Oh - Bello, was für ein schöner Name!"

Elinor zwinkerte mir zu, aber um keinen Preis in der Welt hätte ich jetzt zwei Mal zurückgezwinkert, denn Bello war wohl der bescheuertste Name, den man einem Hund geben konnte. Und um einen solchen handelte es sich ja ganz offensichtlich.

Ich sollte Elinor also gleich mit zwei Rivalen teilen. Das musste mit allen Mitteln verhindert werden.

„Ja, gerne, Tim. Dann treffen wir uns morgen um 18 Uhr an der Siegessäule im Stadtpark! Ich freue mich!"

Von wegen Siegessäule! Mach' dir deswegen bloß keine falschen Hoffnungen, Freundchen! Der einzige Sieger in diesem Kampf heißt weder Tim noch Bello, sondern Catmandu!

Elinor legte auf und trug sich das Date in ihren Kalender ein.

Ich schlich in den Hinterhof, um an dem rauen Stein der Hausmauer ausgiebig meine Krallen zu schärfen.

Das Treffen mit Tim und Bello verlief viel erfreulicher und erfolgreicher als befürchtet – jedenfalls für mich. Tim war ein sympathischer Mann, der sich vermutlich unaufhaltsam ins Herz meiner Elinor schleichen würde. Aber nachdem ich seine riesige dänische Dogge namens Bello erspäht hatte, wusste ich, dass die Sache entschieden war. Bello war ein überaus freundlicher Kerl, der offenbar am liebsten gleich allerengste Freundschaft mit mir geschlossen hätte. Aber ich zog es vor, seine Sympathiebezeugungen und Annäherungsversuche durch geschickte Manöver so aussehen zu lassen, als wolle er mich killen oder ernsthaft verletzen oder aber zumindest vertreiben. Er tat mir fast leid, weil er so niedlich die Stirn runzeln konnte, und ich liebte Elinor ja auch wirklich aufrichtig und wollte, dass sie glücklich wäre. Aber selbstverständlich nur mit mir, und deshalb musste ich durchhalten, sonst würde bald nicht mehr mein, sondern der Hintern irgendeines Zweibeiners und dieses Riesenviehs auf meiner Couch sitzen.

So war der Spaziergang also nach genau 7 Minuten erfolgreich beendet, und Tim verabschiedete sich mit hochrotem Kopf und unter tausend Entschuldigungen auf Nimmerwiedersehen.

Die Siegessäule hatte ihre Pflicht erfüllt – jedenfalls mir gegenüber.

Die nächsten beiden Wochen vergingen wie im Flug mit dem Kennenlernen der restlichen Kandidaten. Die meisten schieden glücklicherweise schon nach dem ersten Telefonat aus – einer hatte eine Piepsstimme wie ein Kanarienvogel, ein anderer fragte als erstes nach Elinors bevorzugten Sexpraktiken, einer namens Udo meinte, er sei bisexuell und für eine offene Beziehung, und ob ihr das etwas ausmache. Keine Ahnung, was *bisexuell* und *offene Beziehung* bedeutete, aber offenbar machte es ihr etwas aus, denn Elinor beendete das Gespräch mit einem empörten „Ja!" und legte einfach auf.

So schieden nach und nach alle aus, bis auf die letzten beiden Kandidaten: Hans-Peter und Arnold.

„Das sind doch nun wirklich sympathische Männer – findest du nicht auch, Catmandu?" fragte Elinor, nachdem sie die beiden Telefonate beendet hatte, und sah mich erwartungsvoll an.

Sollte ich jetzt wirklich zwei Mal blinzeln und damit eventuell mein Schicksal besiegeln?

Arnold hatte tatsächlich sehr nett geklungen, Hans-Peter war zudem offenbar ziemlich klug und gebildet, jedenfalls warf er mit unheimlich gescheit klingenden Fremdwörtern nur so um sich.

Aber: Beide hatten keine Katzen.

Ich schluckte.

„Catmandu?"

Ein Stoßgebet an den Katzengott verkniff ich mir, denn dass man sich auf den nicht verlassen konnte, hatte ich ja beim letzten Mal erfahren müssen.

Ich blinzelte also schicksalsergeben zwei Mal.

Hätte ich allerdings geahnt, wie gut die Sache für mich laufen würde, hätte ich mir nicht so große Sorgen gemacht.

Hans-Peter hatte in seinem Datingprofil ganz offensichtlich das Profilbild irgendeines Schönlings verwendet, jedenfalls sah er in echt aus wie ein Milchbubi, mit einem Scheitel, der vermutlich mit dem Lineal gezogen worden war, und einer runden Harry-Potter-Nickelbrille.

Er schien eine Art verkanntes Genie zu sein, jedenfalls erklärte er als erstes, dass er einen IQ von 150 hätte. Dann langweilte er Elinor und mich fast eine Stunde lang mit weitschweifigen Ausführungen über die Unendlichkeit des Universums, während er aus dem Aktenköfferchen Fotos seines großen Idols Stephen Hawking und eines Sterns namens Xanidudeldu zog, auf dem er einmal beerdigt werden wollte. Dann sagte er, indem er mir verschwörerisch zuzwinkerte: „Ich habe übrigens einen Vogel!"

Oh ja, mein Freund – den hast du zweifellos! Und zwar einen ganz gewaltigen!

Das sah offenbar auch Elinor so, und nachdem sie sich noch angehört hatte, dass es sich bei Hans-Peters Vogel um einen angeblich ganz seltenen Rotkopfwürger handelte, würgte sie schnell den letzten Bissen ihrer Sahnetorte hinunter und verabschiedete sich.

Ich war höchst zufrieden mit diesem Nachmittag.

Kandidat Arnold schließlich hatte das Bodybuildingstudio offensichtlich seit der Erstellung seines Profilfotos häufiger aufgesucht als seiner Optik gut tat, jedenfalls spannte sein froschgrünes Satinhemd über den aufgepumpten Brustmuskeln so, dass ein Knopf absprang, als er mit einem missglückten Kratzfuß einen dieser armseligen Tankstellensträuße hinter dem Rücken hervorzog und Elinor überreichte.

Ich war fassungslos. Männer, wie kommt ihr eigentlich auf die Idee, ihr könntet Frauen mit einer Mischung aus Suppengrün und drei mickrigen roten Nelken beeindrucken?

Während ich verächtlich schnaubte, ließ Elinor sich nichts anmerken und bedankte sich mit ihrem liebenswürdigsten Lächeln, während sie mir einen mahnenden Blick zuwarf.

Oh ja – wie sie mich kannte, meine Elinor.

Aber jedenfalls schien auch im Fall Arnold das Glück ganz auf meiner Seite zu sein.

Das dachte ich jedenfalls – bis sich zu meinem Entsetzen im Laufe des Nachmittags der seltsam schillernde grüne Frosch als verwunschener Prinz zu entpuppen schien. Er sprühte nur so vor Charme, erzählte zu Tränen rührende Anekdoten aus seinem Beruf als Altenpfleger, tätschelte jedem vorüberhüpfenden niedlichen Kind den Kopf und schwärmte von Wellnesswochenenden mit Candle-Light-Dinner und Rosenblütenbädern in romantischen Landhotels. Ab und zu warf er mir heimlich einen unmissverständlichen Katzenhasserblick zu, der mich ahnen ließ, wo mein Platz unter seiner Herrschaft sein würde – jedenfalls sicher nicht auf meinem Seidenkissen.

Ich war mir ganz sicher, dass dieser Möchtegern-Schwarzenegger weder Kinder mochte noch auch nur einen einzigen Cent für Candle-Light-Dinners ausgeben würde. Typen wie er würden sich lieber zu Hause Bratkartoffeln und Saumagen servieren lassen, um sich danach nicht in die Rosenblüten-wanne, sondern auf die Couch zu werfen, um sich alleine ungestört eine Wrestling-Show anzuschauen.

Mädel, du brauchst einen, der einen Nagel in die Wand klopfen kann, der Kinder mag – und natürlich: Katzen! Der dich nicht nur als Haushälterin und Köchin missbrauchen und danach noch einen Blowjob will (wobei ich nicht weiß, was das ist. Aber Männer scheinen sich das so sehr zu wünschen wie Katzen eine Wagenladung voll frischer Sardinen), sondern der dich wie eine Prinzessin behandelt und ausführt, auf Händen ins Schlafzimmer trägt und dich nimmt wie eine Mischung aus Ritter und Pirat – respektvoll und leidenschaftlich.

Aber es half nichts, er setzte alle nur denkbaren Mittel ein, um Elinor zu beeindrucken. Und das schien ihm leider zu gelingen. Offenbar war sie blind geworden für Arnolds schlechten Geschmack und seine ebensolchen Manieren, die er geschickt hinter vermutlich auswendig gelernten Schmeicheleien und Komplimenten versteckte.

Ich musste handeln. Und ich wusste auch schon, wie.

Mit einem einzigen gewagten Sprung landete ich auf Arnolds Schoß und sah mit meinem allerunschuldigsten Katzenblick zu ihm auf.

Arnold reagierte zu meiner Freude wie erhofft: Er sprang wie von der Tarantel gestochen auf und stieß mich dabei so grob von sich weg, dass ich kläglich miauend auf dem Rücken landete. Unter uns: Katzen landen immer auf den Pfoten - es sei denn, sie haben es anders geplant. Mein Plan war, Elinor zu zeigen, dass Arnold ein Grobian und Katzenhasser war, und dafür war ich auch bereit, mich gekonnt auf den Rücken zu legen und zu miauen, als hätte ich mir jeden einzelnen meiner

240 Knochen gebrochen (oh ja – wir Katzen haben 240 Knochen, ich selbst habe natürlich vermutlich ein paar mehr).

Da lag ich also wie ein Häufchen Elend vor Elinor auf dem Boden und sah mit ziemlich jämmerlichem Blick maunzend zu ihr auf.

„Catmandu, was ist, hast du dich verletzt, Schätzchen?"
Elinor beugte sich zu mir herunter und hob mich vorsichtig auf ihren Schoß. Ich ließ mich schlaff wie ein leerer Luftballon über ihre Knie hängen, während sie mich vorsichtig kraulte. Vorsorglich verdrehte ich noch ein bisschen die Augen.

„Oh je, das tut mir aber leid! Das arme Kätzchen!" stotterte Mister Schwarzenegger und schoss dabei mit seinen Blicken Giftpfeile auf mich ab.
Ich maunzte ihn jämmerlich an.

Ja, Freundchen, das hättest du nicht gedacht, dass ein Kater deine Pläne durchkreuzen könnte! Und: Nenn mich gefälligst nicht Kätzchen, du alberner Frosch! Ich maunzte noch ein letztes Mal kläglich auf und wartete dann äußerst zuversichtlich den weiteren Ausgang der Dinge ab.

Vermutlich muss es nicht extra erwähnt werden: Das letzte, was wir von Arnold sahen, war sein lächerlicher Verabschiedungshofknicks, bei dem ihm ein weiterer Knopf vom froschgrünen Satinhemd absprang.

Ich war zufrieden. Auf Nimmerwiedersehen, Mister Schwarzenegger!

Kap. 3

Hooooohe Berge und Chucky, die Mörderpuppe

Leider war entgegen meiner Hoffnungen der Kandidaten-marathon damit nicht beendet. Elinor bekam immer mehr Mails, und da war auch immer wieder der eine oder andere dabei, den sie ganz vielversprechend fand. Und sogar einige, die tatsächlich ganz vielversprechend waren – *Alarmstufe Rot*! Ich begleitete Elinor selbstverständlich zu jedem Date und musste meinen ganzen Einfallsreichtum aufbieten, um jeden einzelnen aus dem Feld zu schlagen. Aber irgendwie gingen mir so langsam die Vergraulstrategien aus. Das allerdings trat vorerst in den Hintergrund, denn Elinor war nach Date Nr. 21 so frustriert, dass sie es für die beste Idee hielt, endlich wieder einmal Madame Agatha aufzusuchen – die erwähnte Wahrsa-gerin, eine ziemlich merkwürdige Frau, die sich Agatha Ura-nia nannte, aber vermutlich in Wirklichkeit Lieschen Müller oder ähnlich langweilig hieß. Sie wedelte immer geheimnistu-erisch mit bunten Spielkarten vor unseren Nasen herum und behauptete jedes Mal, Elinor werde „morgen oder später" dem Mann ihres Lebens begegnen. War ja eine klare Aussage, die nicht zu widerlegen war. Und kostete ja auch jedes Mal nur 200 Euro. Absolut lächerlich! Aber da ich Elinor nicht kränken wollte, versuchte ich immer möglichst so auszusehen, als ob ich beeindruckt auf die Karten starrte, während ich aber in Wirklichkeit die meiste Zeit gierig auf die Goldfische starrte, die hinter der Madame in einem kleinen runden Glas stumpf-sinnig vor sich hindümpelten.

„Weißt du, Catmandu, Madame Agatha kann mir sicher sagen, warum das einfach nichts wird mit den Männern, und was ich tun muss, damit ich endlich meinen Traummann finde!" meinte Elinor und schaute mich dabei so traurig an, dass ich fast ein schlechtes Gewissen bekam. Ich zwinkerte trotzdem zwei Mal, um ihr das Gefühl zu geben, dass sie genau das Richtige tat, und fühlte mich dabei wie ein richtig mieser Schurke. Aber ein Besuch bei Madame Agatha, die sie vermutlich wieder auf den Sankt-Nimmerleins-Tag vertrösten würde, war mir tausend Mal lieber als ein weiteres Date mit einem womöglich vielversprechenden Kandidaten. Wir landeten also schließlich in Madame Agathas bis unter die Decke mit Ramsch, einem winzigen dreibeinigen Tisch und zwei klapprigen Campingstühlen vollgestopfter Besenkammer, die sie selbst *Beratungszimmer* nannte.

Heute trug sie einen schwarzen bodenlangen Kaftan und auf dem Kopf statt des sonst üblichen goldglänzenden Kopftuchs einen ungemein lächerlich aussehenden Turban, den ich nur deshalb immer wieder begehrlich beäugte, weil unglaublich lecker aussehende kleine Fische darauf abgebildet waren. Das Ding hatte ansonsten aber auch schon mal bessere Zeiten gesehen.

Elinor klagte Madame Agatha ausführlich ihr Leid und schaute sie dann voll Erwartung an.

„Hm. Ein schwierrrriges Prrroblämmm!" meinte Madame und rollte dabei nicht nur das R wie eine Bowlingkugel, sondern auch ihre großen schwarzen Augen, als habe man ihr gerade gesagt, dass der Weltuntergang bevorsteht. Dabei klirrten ihre riesigen goldenen Ohrringe wie ein Glockenspiel.

„Grrrrossses, grrrrossses Problemmm, Mäddschen!"

Ich ahnte sofort, was das bedeutete, nämlich dass der Beratungsbetrag sich soeben drastisch erhöht hatte.

„Missen wir gaaanz genau unterrrsuchen - dauerrrt!"

Wusste ich's doch – sie würde Elinor ausnehmen wie eine Weihnachtsgans. Ich hätte ihr am liebsten ihren lächerlichen Turban vom Kopf geschubst.

Elinor nickte verständnisvoll und zog aus dem Stapel Spielkarten, die Madame Agatha ihr vor die Nase hielt, einige Karten heraus. Die Madame nahm sie, warf sie mit wichtigtuerischen Gesten ein bisschen durcheinander, und legte sie dann einzeln vor sich auf den Tisch.

„Ohhhh, aha, ja, hm." murmelte sie ständig vor sich hin, während sie ihren Blick über die Karten schweifen ließ, und Elinor holte erwartungsvoll tief Luft.

Madame Agatha stimmte sich erstmal mit ein paar Allgemeinplätzen auf die Beratung ein, die sie vermutlich aus der neuesten Ausgabe des Magazins *Wie bescheiße ich am besten leichtgläubige Wahrsagekunden?* hatte.

„Ah, ja. Hierrrr ich sehe gaaanz deutlich viele Männerrrr," sie machte eine ausladende Bewegung mit beiden Armen „ganz viele Männerrrr. Ich sehe, dass Sie in der letzten Zeit ganz viele Männerrrr getroffen haben, Mäddschen! Aber kein Glück, kein Glück!"

Sie seufzte bedenklich. Doch dann besann sie sich wohl darauf, dass ihre Kundinnen ja kamen, um etwas Positives zu hören.

„Aber sehe ich auch gute Nachrrrricht!"

Elinor atmete erleichtert auf.

Die Madame fantasierte weiter: „Werden Sie noch einige Männerrr trrrreffen werden, auf der Straße."

Grundgütiger! – was war denn das für ein Schwachsinn?!?! Ja, Elinor, du wirst auf der Straße noch einige Männer treffen! Diese hellseherische Erkenntnis hätte ich dir auch verkünden können. Und gegen Abend herrscht zunehmende Dunkelheit, genauso eine Erkenntnis, die man selbstverständlich nur durch Wahrsager erlangen kann.

Elinor nickte beeindruckt. Es stimmte ja, sie hatte viele Männer getroffen. Dass sie das der Madame mit dem Turban aber vor fünf Minuten selbst erzählt hatte, hatte sie leider wohl schon wieder vergessen. Oder die Madame hatte sie mit ihren schwarzen Kulleraugen so hypnotisiert, dass sie nicht mehr klar denken konnte. Bei mir war ihr das aber jedenfalls nicht gelungen. Ich war hellwach, als hätte ich *CatBull* getrunken, das ich mal bei einem Katertreffen probiert hatte und danach zwei Tage und Nächte wie eine Rakete durchs Haus und über die Dächer geschossen war.

Madame Agatha gab noch weitere schwachsinnige angeblich hellseherische Erkenntnisse von sich, mit denen sie die Beratung künstlich in die Länge zog, und ich musste mühsam ein gelangweiltes Katzengähnen unterdrücken.

Dann aber gelang ihr ein etwas naivere Gemüter als ich es bin sicherlich sehr beeindruckender Zufallstreffer, wie man halt eben manchmal durch Raten genau das Richtige trifft. Man konnte ihr die Begeisterung über ihre vermeintliche Genialität förmlich ansehen. Hallelujah!!! Ein Treffer! Vermutlich würde sie heute Abend hinter ihrem schmuddeligen Kaftan ein Freudentänzchen aufführen, weil sie zum ersten Mal in ihrer Hellseherlaufbahn einen Zufallstreffer gelandet hatte!

Ich schüttelte fassungslos über so viel Dreistigkeit den Kopf, aber Elinors fragender Blick verwandelte mich sofort wieder in ein Abbild vermeintlich gespannter Aufmerksamkeit.

Doch dann, kurz bevor dieses unwürdige Theater sich dem Ende und der Geldübergabe näherte, passierte es. Offenbar auch für die Madame etwas völlig Unerwartetes, jedenfalls zuckte sie plötzlich mit einem völlig erstaunten Gesichtsausdruck zusammen, richtete sich dann stocksteif auf ihrem Campingstuhl auf. Und dann fiel sie ohne Vorankündigung wie ein Klappmesser in sich zusammen, krachte mit der Stirn auf den wackeligen Kartentisch und seufzte schauerlich. Einige schreckliche Sekunden war es totenstill, und Elinor und ich schauten uns mit großen Augen an. Aber plötzlich stieß Madame Agatha hervor: „Ja, ich habe verstanden, oh Meister. Ja, ich sehe das, die hohen Berge. Ich danke dir, großer Meister Xanitu!", seltsamerweise in reinstem Hochdeutsch und ohne das rollende R., und begann heftig zu blinzeln.

Elinors Augen weiteten sich vor Schreck, und sogar ich wurde einen Moment lang etwas nervös, aber Madame Agatha richtete sich plötzlich ruckartig wieder auf und atmete einige Male tief ein und aus. Erstaunlicherweise saß ihr Turban auch nach dieser akrobatischen Spitzenleistung immer noch wie festbetoniert auf dem Kopf.

Und dann drehte sie gespenstisch langsam wie Chucky, die Mörderpuppe, den Kopf und sah MICH mit einem äußerst beunruhigenden Blick an, bei dem sich mir sofort alle Nackenhaare aufstellten. Ich hätte wetten können, dass ihre Augen rot leuchteten wie bei einem missglückten Blitzlichtfoto, aber dem Katzengott sei Dank wandte sie ihren gruseligen Blick so schnell wieder ab, dass ich es nicht mehr eindeutig feststellen konnte. Nun starrte sie Elinor an.

„Määddschen, isch habe Urrrsache gesehen! Ein Meisterrrr von anderrre Seite hat mirrr gezeigt! Sowas ist noch nie passierrrt!" Welche andere Seite das war, wollte ich gar nicht wissen. Wir Katzen sind zwar superschlau, aber abergläubisch bis in die Schnurrhaarspitzen. Mich beschäftigte viel mehr das absurde Gefühl, dass diese Madame jetzt tatsächlich wusste, wer es war, der verhinderte, dass Elinor ihren Traummann fand. Ich versuchte, mich etwas kleiner zu machen, aber inzwischen hatte sich auch mein restliches Fell so gesträubt, dass ich vermutlich doppelt so groß aussah wie ich wirklich war.

Elinor war auf dem wackeligen Campingstuhl ganz nach vorne auf die Kante gerutscht und starrte Madame Agatha mit aufgerissenen Augen erwartungsvoll an.

„Ist jemand bei dirrr, der Trrrraummann verrrrhindern will, Mäddschen! Hat mit hooohe Berge zu tun."

Auch Madame hatte die Augen jetzt weit aufgerissen und sah Elinor fast beschwörend an.

„Aber ich kenne keinen Bergsteiger, Madame Agatha!" meinte Elinor ratlos.

Madame Agatha schüttelte den Kopf.

„Ist nischt Mensch. Ist - Tier!"

Dann starrte sie mich an. Ich starrte zurück. War diese Turbanträgerin verrückt geworden? Konnte die etwa tatsächlich hellsehen?

„Ein Tier?" Elinor schnappte erschrocken nach Luft. „Was für ein Tier soll das sein, Madame Agatha? Mein Nachbar Emil hat einen ziemlich fiesen Hund, aber den sehe ich eigentlich nur alle paar Wochen mal." Sie schien Gott sei Dank völlig ratlos.

„Und der Kater einer meiner Angestellten ist wirklich ein ganz harmloses Tierchen, und der hat auch nicht ein einziges meiner Dates zu Gesicht bekommen! Und mit hohen Bergen haben die beiden auch nichts zu tun. Ich weiß wirklich nicht, was für ein Tier", aber dann verstummte Elinor plötzlich und folgte ungläubig dem Blick von Madame Agatha, die mich nun wieder mit ihren glühenden Augen gnadenlos fixierte.

„CATMANDU?? Hohe Berge?! Kathmandu – die Stadt in den hohen Bergen! Mein Kater ist das Tier, von dem ihr Meister Proper gesprochen hat??" Elinor sah mich fassungslos an.

„Meisterrr Xanitu, bittä! Und ja, ist Ihr Kater, Mäddschen! Eifersüschtige Kater. Muss weg - oderrr niemals Mann!"

Madame Agatha starrte Elinor an, Elinor starrte mich an, und ich starrte auf das Goldfischglas hinter Madame Agatha, wo ich ausnahmsweise keinen Blick für die Fische, sondern nur noch für den entsetzt dreinblickenden Kater hatte, der sich darin spiegelte.Es dauerte etwas, bis ich begriff, dass ich das war.

Während ich mich auf der Fahrt nach Hause schuldbewusst und schicksalsergeben unter meiner Schmusedecke auf dem Rücksitz verkroch, sagte Elinor nichts.

Sonst gab es immer als erstes Leckerchen, wenn wir die Wohnung betragen, aber heute war Elinor offenbar nicht danach, mich zu verwöhnen, sondern mir einen Vortrag zu halten. Jedenfalls nahm sie die zwei Stühle von der Küchentheke, stellte sie einander gegenüber und setzte auf einen mich und auf den anderen sich selbst. Ich versuchte möglichst naiv auszusehen, aber Madame Agatha hatte es tatsächlich geschafft, mich aus der Fassung zu bringen. Mein linkes Augenlid zuckte nervös, als Elinor mich mit sehr ernstem Gesichtsausdruck anstarrte.

„Catmandu! Was ist denn nur mit dir los?" seufzte sie und schüttelte dabei den Kopf. „Du willst nicht, dass ich einen Mann finde?"

Sie sah plötzlich so traurig aus, dass mir ein kläglicher Maunzer entfuhr. Ich konnte es nicht ertragen, wenn meine Elinor traurig war.

„Du willst, dass ich alleine bleibe und nicht wie Melanie heirate und ein Baby bekomme?"

Oh Elinor, du bist ja wirklich eine viel bessere Hellseherin als Madame Agatha! Aber ich will ja gar nicht, dass du alleine bleibst – ich will, dass du mit mir zusammenbleibst, und zwar nur mit mir! Wieder einmal war ich zutiefst frustriert, dass ich noch nicht sprechen und Elinor zwar vieles, aber offenbar immer noch nicht alles, was ich ihr sagen wollte, an meinen kristallklaren Katzenaugen ablesen konnte.

„Dann gibt es leider nur eine Lösung, Catmandu, mein süßer kleiner Liebling!"

Elinor beugte sich zu mir herüber, sah mich traurig an und kraulte mich unterm Kinn. Ich erstarrte. Ich hatte von Elinors Schulter aus schließlich schon genug Mafiafilme mit angesehen, um zu wissen, dass derart schmeichlerisch-zärtliche

Worte lediglich dazu gedacht waren, ein argloses Opfer in trügerische Sicherheit zu wiegen, um es dann mit dem Satz: „Ich muss dich jetzt leider töten!" und einem gezielten Kopfschuss ins Jenseits zu befördern. Und in meinem Fall war dieser Kopfschuss nun vermutlich: „Ich muss dich jetzt leider ins Tierheim bringen!", was für mich letztlich gleichbedeutend damit war, getötet zu werden.

Schicksalsergeben sank ich in mich zusammen wie ein Luftballon, aus dem man plötzlich die Luft abgelassen hatte. Meine Elinor hatte mich verraten – das war für mich der eigentliche Kopfschuss!

„Ich werde einen Termin beim Katzenpsychologen machen, Catmandu! Der wird dir helfen, deine Eifersucht loszuwerden!"

Elinor kraulte weiter, während ich mich vor Schreck wieder stocksteif aufrichtete und sie mit weit aufgerissenen Augen ungläubig anstarrte. Wahrscheinlich sah ich jetzt aus wie die Katzenversion von Chucky, der Mörderpuppe. Der Katzenpsychologe, bei dem die Nachbarin mal mit ihrem kratz- und beißwütigen Kater war, der danach nur noch schnurrte wie ein Kätzchen? Aber jedenfalls: kein Tierheim? Ich jubelte innerlich in den höchsten Tönen, während ich äußerlich den reumütigen und zutiefst therapiewilligen Kater gab. Mit diesem akademischen Katzendressierer würde ich leichtes Spiel haben, so viel war ja wohl klar!

Oh lieber Katzengott – ich danke dir! An den hatte ich trotz meiner Enttäuschung vom letzten Mal nämlich auf der Fahrt nach Hause ein flehentliches Stoßgebet gerichtet. Ich hatte sogar versprochen, einen Monat auf Sex zu verzichten, was mir wirklich sehr schwergefallen war – und nun natürlich sehr schwerfallen würde. Doch Elinor rettete mich vor dem unfreiwilligen Zölibat auf unverhoffte Weise. „Als Madame Agatha sagte, dass du der Grund dafür bist, dass ich keinen Mann finde, habe ich sofort beschlossen, dass wir den Katzenpsychologen aufsuchen."

Ha! Moment mal! Sie hatte das *sofort* beschlossen, also noch *vor* der Nachhausefahrt! Der Katzengott hatte also gar nichts mit meiner Rettung zu tun, ich hatte ja erst im Auto mein Stoßgebet losgejagt! Ich war so erleichtert wegen meiner im letzten Moment geretteten Männlichkeit, dass ich vom Hocker heruntersprang und mehrfach laut schnurrend um Elinors Beine strich. Dabei warf ich ihr von unten herauf so verliebte Blicke zu, dass sie lachend den Kopf schüttelte, aufstand und in die Küche ging, um meine allerliebsten Lieblingskatzenleckerlis zuzubereiten. Als ich mir den Bauch damit ordentlich vollgeschlagen und wir gemeinsam die letzte Folge von *King of Queens* angesehen hatten, verschwand Elinor im Schlafzimmer und ich auf der Treppe zum Dach, um meinen alten Kumpel Eddy die neuesten Entwicklungen zu berichten und mich von ihm auf den Termin bei diesem Katzendompteur vorbereiten zu lassen, denn auch der gute alte Eddy hatte schon einige Sitzungen beim Katzenpsychologen hinter sich, weil er aus Sicht seines Herrchens allzu sehr den Katzendamen hinterhergestiegen und stolzer Vater eines irgendwann unüberschaubaren Rudels rotbraun getigerter Kätzinnen und Kater geworden war. Dass das Ergebnis seiner Sitzungen dann gewesen war, dass man ihm seine Katerwürde genommen, ihn also kastriert hatte, stimmte mich allerdings äußerst bedenklich.

Aber ich verließ das Dach und Eddy letztlich doch mit einem guten Gefühl, denn er hatte mir einige Ratschläge gegeben, die er damals leider noch nicht gekannt hatte, aber die ja dann vielleicht jetzt wenigstens mir helfen konnten.

Als mein Kontrahent die Praxistür öffnete, befürchtete ich, dass es kein leichter Kampf werden würde. Er war zwar dürr wie ein Besenstiel, aber bestimmt mindestens zwei Meter groß, und er starrte mich von oben herab aus fast schwarzen Augen mit leicht zusammengekniffenen Augenlidern an, als wollte er sagen: *Bilde dir bloß nichts ein, Freundchen - ich knacke jeden!* Ich tat also zuerst mal so, als habe mich das wirklich beeindruckt, und nahm gespielt gehorsam auf dem hässlichen und unbequemen schlammbraunen Kissen Platz, auf dem vermutlich vor mir schon hundert angeblich neurotische Katzen und Kater gesessen hatten. Währenddessen wetzte ich aber innerlich bereits sorgfältig die Krallen.

Hinter ihm an der Wand hingen große und kleine Fotos von Katzen, die er schon „therapiert" hatte, was vermutlich hieß, dass er sie zu willenlosen, fremdbestimmten, unterwürfigen Katzenkarikaturen gemacht hatte. Manche blickten so dümmlich drein, dass ich mich fast schämte, zu ihrer Gattung zu gehören. Von der Angst, am Ende der Therapie vielleicht genauso dreinzublicken, ganz zu schweigen.

Als er zur Einleitung der Sitzung dann auch noch Elinor, die neben mir in dem breiten Sessel saß, anstarrte, als würde er sie am liebsten gleich auf seine Couch zerren, wäre ich ihm am liebsten an die Gurgel gesprungen und hätte ihn in seinen riesigen Adamsapfel gebissen, der beim Sprechen auf und ab hüpfte wie ein Pingpongball.

„Das Problem mit Catmandu habe ich Ihnen ja bereits am Telefon geschildert." sagte Elinor schließlich, und er nickte, als wisse er sowieso immer schon alles, ohne dass man es ihm erst noch sagen musste. Er sah wieder mit diesem gruseligen Blick zu mir herüber, aber ich grinste einfach nur so harmlosdümmlich wie ich nur konnte. Sollte er ruhig glauben, sein irrer Blick hätte mich bereits halb therapiert. Ein guter Katzenpsychologe hätte das natürlich sofort durchschaut, aber er guckte nur etwas irritiert und wandte sich dann wieder Elinor zu. „Eifersucht bei Katzen, und besonders bei Katern, auf einen neuen Partner sehe ich hier in der Praxis sehr oft, da müssen Sie sich keine Sorgen machen!" versuchte er sie zu beruhigen. „Das lässt sich in drei, vier Sitzungen in der Regel beheben!"

Elinor atmete erleichtert auf und tätschelte mir sanft den Kopf. „Siehst du, Catmandu, wir kriegen das hin, alles wird gut!".

Ja, Elinor, alles wird gut - sobald wir aus diesem Katzen-Freakmuseum raus und wieder zu Hause sind! Ich schnaufte kurz und heftig aus, und Elinor beobachtete mich wieder besorgt von der Seite. Vermutlich dachte sie wieder an den gefürchteten Katzenschnupfen, den ich einmal hatte, als ich mich in einer strengen Winternacht zu lange auf dem Dach herumgetrieben hatte.

Dann begann offenbar die Sitzung. Jedenfalls hob der Herr Psychologe den rechten Zeigefinger steif wie eine Bahnschranke, schaute mich sehr ernst an, und ging offenbar davon aus, dass ich jedes Wort verstand, das er sagte.

„Catmandu, wir werden jetzt eine psychoenergetische Sitzung abhalten, in der ich dir aus der Ferne mit meinen Händen Energien übertrage, die dich von deiner Neurose heilen werden."

Grundgütiger, an was für einen Quacksalber waren wir denn da geraten? Ich blinzelte. Elinor schaute etwas irritiert, aber da sie über ihn schon so viel Gutes gehört hatte, schwieg sie. Ich auch. Aber ich würde jetzt einen altbewährten Katzentrick anwenden: den Feind niederstarren! Während er also mit den Händen lächerliche Schwimmbewegungen in der Luft machte, die offenbar irgendwelche Energien zu mir hinüberwedeln sollten, starrte ich ihm einfach regungslos in die Augen. Eine Minute verging, zwei. Er wedelte immer noch, ich starrte immer noch, ohne zu blinzeln – aber er auch. Wobei das für einen Psychologen ja keine Kunst ist, die können ja stundenlang in irgendeine Ecke starren in der Hoffnung, dass der Klient in der fürstlich entlohnten Zeit kein einziges Wort von sich gibt, damit sie nicht denken oder sprechen müssen. Ich wurde aber doch langsam unruhig, denn er wedelte ja weiterhin mit seinen Händen durch die Luft irgendwelche Energien zu mir herüber, die womöglich ja auch noch wirken würden.

Ich musste also Katzentrick Nr. 2 anwenden, den mein Kumpel Eddy mir sehr ans Herz gelegt hatte: ununterbrochenes Zwinkern! Und – Bingo, das wirkte! Ich hatte gerade mal eine halbe Minute ständig unbarmherzig in seine schwarzen Pupillen gezwinkert und mir schon Sorgen gemacht, wie lange ich das durchhalten könnte, weil man doch recht schnell ein Gefühl bekommt, als habe das Sandmännchen zu großzügig in den Topf gegriffen.

Aber schon ein paar Sekunden später konnte ich etwas in seinen Augen sehen, für das wir Katzen ein untrügliches Gespür haben: Angst. Er hatte Angst vor mir. Ein Katzenpsychologe hatte Angst vor mir! Um seine Therapeutenwürde zu wahren, wedelte er mit den Händen noch ein paar Mal schnell auf und ab, ließ sie dann sinken, schaute Elinor an, und dann verkündete er geradezu feierlich etwas Ungeheuerliches.

„Herzlichen Glückwunsch, Ihr Kater ist geheilt, in nur einer einzigen Sitzung! Unglaublich!"

Ja, unglaublich, du Dilettant – du erklärst mich als geheilt, damit ich nicht wiederkomme und dir Löcher in die Pupillen blinzle! Ich war fassungslos, aber gleichzeitig natürlich überglücklich. Und spazierte nach einigen überschwänglichen und wie ich fand völlig übertriebenen, weil gegenstandslosen, Dankesworten Elinors und versehen mit einem ziemlich eklig schmeckenden Leckerli aus der Hand des unfähigen Katzendressierers hocherhobenen Hauptes und Schwanzes aus der Praxis.

Ich war euphorisch. Ich schaffte sie alle, sogar einen Katzen-psychologen!

Doch dann kam der Wurstfabrikant.

Kap. 4
Wurstzipfel und Brillanten

Die ersten zwei Wochen nach unserem denkwürdigen Besuch beim Katzenpsychologen verliefen außerordentlich erfreulich. Elinor verwöhnte mich wieder mit den allerherrlichsten selbstgemachten Leckereien, kraulte mich bei unseren Fernsehabenden so ausgiebig, dass ich manchmal fast ohnmächtig wurde vor Wonne, aber vor allem: Es fiel kein einziges Mal das verhasste Wort „Traummann". Vielleicht hatten die während der Therapiesitzung herumgewedelten Energien ja tatsächlich gewirkt - nämlich bei Elinor! Vielleicht war sie so hypnotisiert worden, dass sie gar nicht mehr wusste, was ein Mann ist und dass sie so einen Zweibeiner mehr zu brauchen glaubte als mich. Ich war in Hochstimmung, die ich natürlich an mehreren Abenden hintereinander für ausgiebige amouröse Abenteuer auf dem Dach nutzte. Eddy grinste mir von einer nahen Mauer aus zu, während ich nacheinander fünf hörbar begeisterte Katzendamen beglückte. Ich hatte fast ein schlechtes Gewissen, weil der arme Kerl ja schließlich sein Katerdasein nur noch als Voyeur fristen konnte, und dabei weniger Vergnügen hatte als beim Abnagen eines Hühnerknochens.

Aber meine euphorischen Ausflüge aufs Dach endeten letztlich jäh, als ich feststellen musste, dass die unbeschwerte Zeit nicht für immer währen würde, sondern einfach nur eine mich in Sicherheit wiegende Galgenfrist gewesen war, und dass Elinor nun noch entschlossener war als je zuvor, den wie sie es nannte „Mann fürs Leben" zu finden. Sie hatte offensichtlich während meiner hormongesteuerten Ausflüge aufs Dach hinter meinem Rücken im Internet Kontakt mit einem Mann aufgenommen, der sich in mehrerlei Hinsicht als schwere Prüfung entpuppte. Er hieß Oskar, war so alt wie Elinor, und zwar weder groß noch schlank noch dunkelhaarig, sondern mit einem beachtlichen Bierbauch gesegnet, der sich über den Hosenbund wölbte, und mit einer spiegelglatten Glatze wie eine Billardkugel. Aber das schien Elinor nicht zu stören, weil er sie so sehr mit Komplimenten und Geschenken einlullte, dass sie gar nicht zum Nachdenken kam. Er war nämlich Wurstfabrikant - eigentlich ein Traumkandidat für einen ewig hungrigen Kater. Aber bedauerlicherweise auch ein glatzköpfiger, ungehobelter Kerl, der ständig versuchte, mit seinen zum Beruf, aber nicht zu einem Gentleman passenden, aber leider äußerst lecker nach Leberwurst riechenden Wurstfingern meine Elinor anzugrabschen.

Als er das erste Mal zu uns nach Hause kam, brachte er eine große Tüte köstlich duftender Wurstzipfel für mich mit und wedelte damit vor mir herum, als sei er der Katzen-Weihnachtsmann. „Hier, Catmandu, alle für dich, du lieber Kater! Und wo die herkommen, da gibt es noch viel mehr!" Er grinste verschwörerisch, aber ich grinste nicht zurück. Ich sah ihm genau an, was er vorhatte. Er wollte sich mit seinen Wurstzipfeln bei mir einschleimen, um mich bei der nächstbesten Gelegenheit in seiner Wurstfabrik in eine Maschine zu schubsen, die ich dann zu Cocktailwürstchen geknetet wieder verlassen und womöglich bei Elinor auf dem Teller landen würde. Ich behielt ihn also argwöhnisch im Auge und gab nichts auf seine schmierig-freundlichen Worte und sein Kinngekraule, und schon gar nichts auf seine Wurstzipfel. Auch wenn mir dabei fast das Herz brach, weil sie wirklich verführerisch aussahen und dufteten und ich einen Mordsappetit hatte, verschmähte ich sie mit dem arrogantesten Katzenblick, der mir möglich war und streckte ihm dann einfach das Hinterteil zu. Aber selbstverständlich immer nur, wenn Elinor nicht zusah, denn sie sollte ja weiterhin glauben, dass der Energiewedler mich erfolgreich von meiner Eifersucht geheilt hatte. Und die Wurstzipfeltüte angelte ich später selbstverständlich heimlich wieder aus dem Abfalleimer, in den Elinor sie schweren Herzens geworfen hatte.

Als ich Oskars Wurstzipfelattacke wieder einmal arrogant ignorierte, zeigte er sein wahres Gesicht. Als Elinor gerade den riesigen Rosenstrauß, den er ihr mit einer altmodischen Verbeugung überreicht hatte, in eine Vase stellte, beugte er sich zu mir herunter und flüsterte: „Sieh dich vor, mein pelziger Kumpel, sonst landest du schneller als du gucken kannst, in meiner Wurstmaschine, ist das klar?" Er wusste offensichtlich etwas, das nur die Wenigsten wissen, nämlich dass Katzen zwar nicht sprechen, aber alles verstehen können. Aber das machte diesen heimtückischen Frauenverführer auch nicht sympathischer.

Er war durch seine Wurstfabrik offensichtlich äußerst gut betucht, jedenfalls verwöhnte er Elinor mit Einladungen zum Candle-Light-Dinner in irgendwelchen schicken Restaurants, schenkte ihr riesige Schachteln mit belgischen Pralinen und teure französische Parfums. Dann buchte er eine VIP-Loge für das nächste Konzert von Schnulzensänger Marko Faszinetti und sorgte dafür, dass sie danach sogar noch ein paar Worte mit ihm wechseln durfte. Ich mochte diesen Schmachtheini nicht, und Elinor wusste das, aber ich war wenigstens so höflich, ihr zuliebe jedes Mal ein paar Töne mit zu jaulen, wenn sie seine CDs auflegte. Oskar dagegen konnte ihn ganz offensichtlich ebenfalls nicht leiden, wie man seinen Grimassen ansah, die er hinter ihrem Rücken zog, er tat aber so, als sei er Faszinettis größter Fan, nur um Elinor zu beeindrucken. Mit der gleichen Abscheu starrte er auf die Räucherstäbchen, Kerzen und Heilsteine, und vermutlich würde er sie zusammen mit den Schlager-CDs aus dem Fenster werfen, sobald er und Elinor geheiratet hatten. Denn das war offensichtlich sein Ziel. Jedenfalls kam er schließlich an mit einem riesigen angeblichen Brillantring, der für mich allerdings eher danach aussah, als hätte er ihn aus irgendeinem Kaugummiautomaten gezogen. Er umwarb sie zugegebenermaßen äußerst gekonnt immer wieder mit vielen blumigen Komplimenten, die er vermutlich in irgendeiner Frauenzeitschrift in der Rubrik „Was Frauen sich heimlich wünschen" gelesen hatte. Aber das Dumme war, dass sie Wirkung zeigten. Elinor schwebte durch den Tag wie eine Elfe, hüllte sich in Parfumwolken, die mich ständig zum Niesen brachten, und freute sich ganz offensichtlich zunehmend auf seine Besuche, während ich immer mürrischer wurde.

Ich war ratlos. Gegen einen Brillantring, auch wenn ich wusste, dass er in Wirklichkeit aus einem Kaugummiautomaten stammte, war ich natürlich machtlos, und natürlich auch gegen teure Parfums und Candle-Light-Dinner in schicken Restaurants. Ich hätte Elinor höchstens eine meiner Delikatessen, einen halb vergammelten Fischkopf aus der Mülltonne von Frau Meier, bieten können, der aber weder nach Parfum duftete, noch - selbst wenn er auf einem Silberteller serviert würde - ansatzweise so viel Romantik versprach wie ein Candle-Light-Dinner in einem Gourmetrestaurant.

Ich begann diesen glatzköpfigen Blender, der ständig mit seiner Rolex am Arm „ganz unauffällig" vor Elinors Nase herumwedelte, zu hassen. Die angebliche Rolex war jedenfalls genauso unecht wie der Brillantring. Sie war eine billige Kopie, wie mir die Chinakatze, die zwei Häuser weiter wohnt und die Imitate aus China auf den ersten Blick erkennt, zuraunte.

Und als er dann schließlich die Worte *Urlaub* und *Paris* fallen ließ, wusste ich, dass ich handeln musste. Katzen, haltet euch fern, wenn der Ruf URLAUB! erschallt, denn das bedeutet offenbar für unsere Besitzer etwas Gutes – aber nicht für uns. Wir verbringen dann entweder trostlose Tage mit miesem Trockenfutter und nervigen Artgenossen in einer sogenannten Katzenpension, oder ein Doktor kommt mit einer riesigen Spritze auf dich zu, um dich überflüssigerweise gegen irgendetwas zu impfen, und egal, wie sehr du dich aufbäumst, buckelst und wehrst – sie kriegen dich! Vielleicht nicht an den Eiern, denn die sind ja in der Regel weg (meiner Elinor sei Dank nicht!), aber sie sperren dich dann in eine armselig kleine Plastiktransportbox und pferchen dich später zu irgendwelchen eifersüchtigen Kontrahenten in eine „Komfortbox", in der du noch nicht mal deine Krallen ausstrecken kannst. Das wusste ich jedenfalls von Eddy, der schon mehrere solcher Urlaube hinter sich gebracht hatte.

Ich ahnte also nichts Gutes, als Oskar von Urlaub und Paris und einer herrlichen Reise schwurbelte, die er meiner Vermutung nach dazu nutzen würde, in einem romantischen Restaurant mit seinem Kaugummiautomatenring vor ihr auf die Knie zu fallen und ihr ein JA zu entlocken.

Für mich würde es jedenfalls keine herrliche Reise werden, so viel war klar.

Aber für Oskar war das offensichtlich auch klar, denn wie seine Pläne mit mir aussahen, flüsterte er mir ins Ohr, als Elinor gerade in der Küche etwas für ihn brutzelte. „Deine Tage hier sind gezählt, Freundchen!" knurrte er und schob sein vom gerade ausgiebig genossenen Wein gerötetes Gesicht direkt vor meines. „Elinor und ich fliegen nach Paris, du nach Nirgendwo, und zwar für immer!" Ich wusste zwar nicht, wo Nirgendwo lag, aber da das von ihm kam, war erstens zweifelsfrei davon auszugehen, dass es sich um keinen erfreulichen Ort handelte, und zweitens war mir deshalb klar, dass ich dort garantiert nicht wie von ihm angekündigt für immer sein wollte.

Als Elinor mit den gefüllten Tellern aus der Küche kam, spielte er schnell wieder scheinheilig den Katzenliebhaber und versuchte, mich unterm Kinn zu kraulen. Das verhinderte ich, indem ich seiner Hand geschickt, wie wir Katzen nun mal sind, einfach auswich und mich mit hocherhobenem Schwanz in Richtung Katzenklappe zum Treppenhaus davon machte. Zeit für ein oder zwei weitere Runden Amore – die beste Art, sich von unerfreulichen Dingen abzulenken!

Offenbar hatte Oskar die gleiche Idee gehabt, denn am nächsten Morgen musste ich zu meinem Entsetzen feststellen, dass er die Nacht bei uns verbracht hatte. Was das hieß, wollte ich mir lieber gar nicht vorstellen. Als ich auf dem Weg vom Katzenklo zum Futternapf in der Küche war, kam er in riesigen ausgeleierten Baumwoll-Doppelripp-Großvater-Unterhosen aus Elinors Schlafzimmer geschlichen und glotzte mich böse an. Ich ließ mich davon nicht beeindrucken, sondern glotzte so böse ich nur konnte zurück und versuchte, den lauten Furz, der ihm beim Schließen der Badtür entfleuchte, zu ignorieren. Allmächtiger! Sogar ich verschwand immer durch die Katzenklappe in den Flur, wenn mich nach dem Genuss reichhaltiger Leckerlis gewisse innere Turbulenzen plagten, die ich dringend loswerden musste. So ein unappetitlicher, manierenloser Kerl sollte der Traummann für meine Elinor sein? Diesen fatalen Irrtum musste ich aufdecken. Ich wusste nur noch nicht, wie.

Ich ahnte nicht, dass das noch mein kleinstes Problem sein würde.

Kap. 5
Guter Sex und Baumwoll-Doppelripp-Grossvater-Unterhosen

„Na, Catmandu, Schätzchen, hast du gut geschlafen?" Elinor streichelte mir auf dem Weg zur Kaffeemaschine im Vorbeigehen zärtlich übers Fell, während Oskar mir hinter ihrem Rücken giftige Blicke zuwarf. „Also ich habe wunderbar geschlafen! Das wird ein herrlicher Tag, heute!" trällerte sie fröhlich und trug die Kaffeekanne aus der Küche auf den bereits gedeckten Frühstückstisch. Ich konnte nur vermuten, dass sie Oskar nicht in dieser gruseligen Unterhose gesehen hatte, sonst hätte sie ganz bestimmt nicht so gute Laune gehabt.

Ich musste nun mit wachsendem Abscheu zusehen, wie dieser Kerl sich über Elinors liebevoll zurechtgemachte Delikatessen hermachte und sich schmatzend vollstopfte wie einen Wäschesack. Währenddessen besprachen sie die Reisepläne. „Schätzchen, ich habe die Flugtickets für unser romantisches Wochenende in Paris bereits gekauft. Wir fliegen am Samstag, da ist sowieso Feiertag und dein Laden geschlossen, und am Montag sind wir dann wieder zurück! Paris – die Stadt der Liebe! Na, was sagst du?" säuselte Oskar und streichelte mit seinen Wurstfingern über ihren Handrücken, während ihm beim Sprechen ein Bröckchen Rührei aus dem Mund fiel, was er aber geschickt mit der Serviette vor Elinor verbergen konnte. Ekelhaft! Sogar wir Katzen wussten, dass wir, sollten wir jemals sprechen lernen, nicht mit vollem Mund reden sollten. „Das ist ja fantastisch, Oskar! Paris, die Stadt der Liebe!"

Elinors blaue Augen strahlten noch heller als sonst. Ich mochte mir gar nicht vorstellen, was dieser Widerling in ihrem Schlafzimmer für eine Performance aufgeführt hatte, dass sie jetzt so glücklich wirkte. Wenn ich mich nicht beeilte, landete sie schneller als ich blinzeln konnte mit ihm auf dem Standesamt - schneller als mir lieb war und zudem noch mit dem falschen Mann.

„Aber was machen wir mit Catmandu, Oskar?" Elinor schien vor lauter Liebestaumel ganz vergessen zu haben, dass es mich auch noch gab. Aber Oskar nahm ihr diese Sorge. „Catmandu bringen wir in der luxuriösesten Katzenpension der Stadt unter, wo er so richtig rundum verwöhnt wird, bis wir wieder zurück sind. Wahrscheinlich will er von dort gar nicht mehr weg. Ich werde ihn selbstverständlich selbst dorthin bringen, das erleichtert euch beiden den Abschied."

Er blinzelte verschwörerisch zu mir herüber, als wären wir beste Freunde, dabei konnte ich genau sehen, wie es hinter seiner Stirn arbeitete. Vermutlich heckte er gerade einen teuflischen Plan aus, mich loszuwerden. Ich schnaubte nur höhnisch, aber Elinor vermutete dahinter natürlich gleich wieder den gefürchteten Katzenschnupfen, also hielt ich lieber die Luft an.

Elinor war gerührt über so viel Fürsorge von Seiten Oskars. „Das ist ja eine wundervolle Idee, Schatz! Catmandu war noch nie in einer Katzenpension, aber manche sollen ja die reinsten Wellnessoasen für unsere vierbeinigen Lieblinge sein!" Ha – Wellnessoasen! Katzenpensionen waren immer ein Albtraum, das begriffen allerdings leider immer nur die Katzen, aber nicht ihre Herrchen und Frauchen. Misstrauisch machte mich nur, dass Oskar mich doch eigentlich für immer nach besagtem Nirgendwo schicken wollte, aber jetzt erklärte, ich bekäme einen Luxusaufenthalt in einer Katzen-Wellnessoase.

Ich ahnte, dass es angeraten war, äußerst wachsam zu bleiben, und so schnurrte ich zwar vermeintlich behaglich vor mich hin, spitzte aber in Wirklichkeit die Ohren wie ein Luchs, damit mir nur ja kein verräterisches Wörtchen entging. Aber Oskar musste offenbar auch schon zur Arbeit, jedenfalls schob er sich hinter Elinors Rücken mit der Hand noch die letzten Rühreireste vom Teller in den Mund, den er so weit aufgerissen hatte, dass ich einen Blick auf sein Zäpfchen erhaschen konnte. Nein – ich konnte es nicht zulassen, dass dieser unzivilisierte Kerl meine schöne, kluge und liebenswerte Elinor bekommen würde. Selbstverständlich sollte sie auch kein anderer Zweibeiner bekommen, aber klar war, dass Oskar es auf gar keinen Fall sein würde.

Als er endlich verschwunden war, winkte Elinor mich zu sich auf die Couch. „Ich bin so froh, Catmandu, dass du so lieb zu Oskar bist. Er mag dich, und ich mag ihn auch sehr." Sie lächelte mich an und kraulte mich unterm Kinn. „Weißt du, er verwöhnt mich wirklich wie eine Prinzessin, schau mal", sie hielt mir stolz ihre hübsche schlanke Hand vor die Nase, an der der riesige Kaugummiautomaten-Ring prangte, „diesen Brillantring hat er mir gestern Abend geschenkt!". Sie strahlte zuerst den Ring an, und dann mich. „Und jetzt", fuhr sie dann ein bisschen verschämt fort, „verrate ich dir mal ein Geheimnis, Catmandu!" Ich ahnte nichts Gutes. Sie beugte sich zu mir herüber und flüsterte mir ins Ohr „Ich hatte noch nie so guten Sex wie mit Oskar!". Ich musste unwillkürlich heftig würgen, als ich mir vorstellte, wie dieser plumpe Kerl auf meiner elfenhaften Elinor herumturnte, und was er wohl so alles mit ihr anstellte. Elinor erschrak fürchterlich. „Catmandu, hast du eine Fischgräte im Hals?" Ach, Elinor – ich hätte jede noch so große Fischgräte mit Vergnügen hervorgewürgt, wenn mir dafür die Bilder erspart geblieben wären, die ich gerade vor mir hatte! Da ich ihr aber keine Angst machen wollte, hörte ich

sofort auf zu würgen und schaute sie mit meinem allerunschuldigsten Katzenblick an, was sie augenblicklich beruhigte.
Nachdem sie mich vorsorglich noch ein paar Minuten aufmerksam beobachtet hatte, stand sie auf, schnappte sich Sandwichbox und Mantel, warf mir im Hinauseilen eine Kusshand
zu, und machte sich auf den Weg zum Friseursalon, wo sie
vermutlich schon ungeduldig erwartet wurde.

Ich rollte mich auf meinem Lieblingskissen zusammen und
machte ein Nickerchen, um ausgeruht und hellwach zu sein,
sobald Oskar wieder auf der Bildfläche erschien.

Er wollte mich ausschalten, aber ich würde ihn aus dem Feld
und ins Aus schlagen wie früher Tennissuperstar Boris Becker
seine Gegner.

Als Elinor abends wieder die Wohnung betrat, klingelte das Telefon.

„Melanie! Wie schön, dass du anrufst – ich wollte mich auch schon melden, ich habe nämlich gute Neuigkeiten!" flötete Elinor fröhlich in den Hörer, während sie sich aus dem Mantel wand und Schlüssel und Tasche auf einen Stuhl fallen ließ. Und dann tratschten, kicherten und lachten die beiden Cousinen bestimmt eine halbe Stunde lang, was das Zeug hielt, und es fielen jede Menge Wörter, die mich beunruhigten, und davon waren „Katzenpension" und „Paris" noch die harmloseren. Melanie gratulierte Elinor und fragte, ob denn schon eine Hochzeit geplant sei. Ich spitzte die Ohren, bis sie weh taten.

„Weißt du, Melanie, ich glaube, Oskar will mir in Paris einen Antrag machen – ich hab' da so ein Gefühl! Und er hat mir ja gestern einen riesigen Brillantring an den Finger gesteckt!" flüsterte Elinor, als ob jemand außer mir sie hören könnte, und strich die blaue Haarsträhne zurück, die ihr vor Aufregung ins Gesicht gefallen war.

„Also wenn er mich fragen sollte, werde ich natürlich Ja sagen! Oskar ist so aufmerksam und lieb, ganz anders als die Männer, die ich bisher hatte. Einfach ein richtiger Gentleman."

Ja, Elinor, ein Gentleman mit Wurstfingern, der morgens auf dem Weg ins Bad in seine riesige Baumwoll-Doppelripp-Großvater-Unterhose furzt und mit vollem Mund spricht, bis ihm das Rührei rausfällt! Bitte wach auf, du darfst ihn nicht heiraten!

Aber meine Appelle kamen bei Elinor nicht an, jedenfalls unterhielt sie sich weiter mit Melanie, und gemeinsam dachten sie sogar schon über einen geeigneten Hochzeitstermin nach, denn schließlich sollte Elinor ja unbedingt als Trauzeugin dabei sein. Als Elinor gerade ihren Terminkalender aufschlug, drehte sich ein Schlüssel im Schloss, die Tür ging auf und Oskar trat in den Flur. Jetzt hatte dieser Kerl also auch schon einen eigenen Schlüssel und konnte jederzeit kommen und gehen wie es ihm passte!

Elinor und Melanie verabschiedeten sich, und Elinor nahm begeistert den riesigen Strauß dunkelroter Rosen entgegen, den Oskar für sie mitgebracht hatte. Die würde es nach der Hochzeit garantiert nicht mehr geben, da war ich mir sicher. Da gab es dann vermutlich nur noch zum Geburtstag Blumen, und zwar Trockenblumen, weil die immer bis zum nächsten Geburtstag halten würden.

Mir hatte er wieder mal eine Tüte mit Wurstzipfeln mitgebracht, die ich natürlich wie immer so lange links liegen ließ, bis Elinor sie in den Abfalleimer warf, so ich sie dann ebenfalls wie immer heimlich herausangelte.

„Weißt du denn schon, in welche Katzenpension du gebracht wirst?" fragte Eddy interessiert, als wir uns abends auf dem Dach trafen, um gemeinsam die Beute zu verzehren. „Die, in der ich mal ganze zwei Wochen aushalten musste, war wirklich erbärmlich. Ich glaube, sie hieß „Katzenfreunde", aber unter Freunden stelle ich mir echt etwas anderes vor."

Er schüttelte sich unwillkürlich. „Es gab zwei Wochen lang nur mieseste Abfälle, erst am letzten Tag, als ich abgeholt wurde, füllten sie frische Leber in den Fressnapf, damit es aussah, als sei ich zwei Wochen lang verwöhnt worden wie ein König."

Seine Schnurrhaare zitterten vor Empörung, als er sich an diese Gemeinheit erinnerte.

„Also ich soll ja angeblich in eine wahre Wellnessoase gebracht werden, aber ich traue diesem Frieden nicht." meinte ich zwischen zwei besonders leckeren Wurstzipfeln.

„Oskar will mich loswerden, da bin ich mir ganz sicher. Und da wäre eine Katzenpension ja wohl nicht der richtige Ort. Von dort verschwindet keiner einfach so."

Eddy brummte zustimmend. „Pass bloß auf, dass dir nichts passiert!" Für einen ganz kurzen Moment glaubte ich eine klitzekleine Katzenträne in seinen Augen glitzern zu sehen. „Du wirst hier noch gebraucht, Kumpel! Du wirst mich doch nicht alleine über die Dächer streifen lassen, oder?"

Er legte die Stirn in kummervolle Falten, was ich noch nie bei einer anderen Katze gesehen hatte, und streckte mir seine hoch erhobene rechte Vorderpfote entgegen. Ich stutzte, aber dann begriff ich und hob ebenfalls meine Pfote. Für ihn war das offenbar die Garantie, dass mir nichts passieren und wir uns bis ans Ende unserer neun Katzenleben hier auf dem Dach treffen würden. Ich schlug also ein und gab ihm die erhoffte High-Five.

Dann vergnügten wir uns mit den restlichen Wurstzipfeln und ich danach noch mit einer sehr verführerischen Katzenlady, der ich hier oben bisher noch nicht begegnet war. Eddy grinste mich derweil wieder von der naheliegenden Mauer verschwörerisch an.

Nichts würde uns trennen können.

Davon war ich zu diesem Zeitpunkt jedenfalls noch felsenfest überzeugt.

Kap. 6
Catmandus Asche

Zwei Tage später war es so weit. Im Flur stand die nicht sehr einladend wirkende graue Transportbox, in der Oskar mich zu der „Katzen-Wellnessoase" bringen sollte. Elinors mehrmalige Nachfragen, ob sie nicht doch lieber mitkommen sollte, hatte Oskar jedes Mal mit demselben Argument abgeschmettert: „Die Trennung wird euch dann zu schwerfallen, Elinor! Catmandu soll nicht durch den Gitterzaun der Katzenpension zusehen müssen, wie du ihn verlässt!"

Wie bitte – Gitterzaun? Was sollte das denn wohl für eine Wellnessoase sein, die einen Gitterzaun hatte? Mein Argwohn regte sich wieder. Elinor schien vor Abschiedsschmerz gar nicht gehört zu haben, was Oskar da von sich gab, jedenfalls kniete sie sich vor mich und sah mir mit ihrem kummervollen, tränenverschleierten Blick in die Augen.

„Catmandu, mein Schatz, sei schön tapfer, es sind ja nur drei Tage, dann sehen wir uns wieder!" sie schniefte und strich sich die blaue Haarsträhne zurück, die ihr ins Gesicht gefallen war. „Und ich mache dir dann wieder die allerleckersten Lieblingskatzenleckerlis, die du dir nur vorstellen kannst! Ich werde mir sogar ein ganz neues Rezept für dich ausdenken!" Dann drückte sie mir einen letzten zärtlichen Kuss auf die Stirn, hob mich vom Boden auf, setzte mich in den bereitstehenden Katzenknast und schloss das Türchen. Ich starrte frustriert durch die viereckigen Gucklöcher und sah gerade noch Oskars diabolisches Grinsen, bevor Elinor sich zu ihm umdrehte und er ihr wieder den fürsorglichen Liebhaber vorspielte.

„Ich bin gleich wieder zurück, Schatz! Die Katzenpension ist nicht weit von hier, danach hole ich dich und die Koffer ab und wir fahren los!" rief er ihr zu, als er mit der Transportbox, in der ich hilflos hin und her rutschte wie eine Flipperkugel, zum Auto marschierte.

Ich erhaschte gerade noch einen letzten Blick auf Elinor, die mir mit dem allertraurigsten Blick, den ich jemals bei ihr gesehen hatte, vom Wohnzimmerfenster aus zuwinkte. Ich winkte zurück, aber das konnte Elinor durch die kleinen Gucklöcher der Box natürlich nicht sehen.

„So, mein Lieber, nun zu dir!" grunzte Oskar vom Vordersitz zu mir nach hinten. „Auf diesen Tag habe ich lange gewartet, das kannst du mir glauben!"

Er lachte ziemlich dreckig und laut, langte mit der einen Hand nach hinten und schlug so fest auf den Kasten, dass ich erschrak.

„Ich bringe dich jetzt in die schönste Wellnessoase, die du dir vorstellen kannst, und die so schön ist, dass du nie wieder von dort wegwillst. Nie wieder, kapiert?!"

Er musste wieder so heftig lachen, dass er sich dabei verschluckte und fast auf den Vordermann aufgefahren wäre.

Dann kurvten wir eine Zeitlang durch die Stadt, und schließlich hielt der Wagen mit quietschenden Reifen direkt vor einem ziemlich trostlos wirkenden Gitterzaun an. Oskar stieg aus, holte etwas aus dem Kofferraum, das aussah wie eine große hässliche Vase oder ein Blumentopf, und ging auf die Frau zu, die hinter dem Zaun bereits auf ihn wartete. Auf ihrem fleckigen grauen Kittel stand „Pension Katzenglück!", und ich spitzte wie verrückt die Ohren, um ja kein Wort der folgenden Unterhaltung zu verpassen. Er drückte ihr das Ding in die Hand.

„Sie wissen, was Sie zu tun haben! Wenn ich mit meiner Freundin am Montag komme, um ihren Kater abzuholen, dann sagen Sie, dass er gleich am ersten Tag ausgerissen und von einem Auto überfahren worden ist, und dass man ihn gleich einäschern musste, weil er nur noch Matsch war, klar? Und das hier", er zeigte mit seinem Wurstfinger auf das hässliche braune Ding, „ist die Urne, in dem angeblich seine Asche ist. Die kann sie sich dann zu Hause auf den Kamin stellen und ihren kleinen Liebling betrauern".

Oskar lachte hämisch, und die Frau schaute irritiert auf das, was ich für eine Blumenvase gehalten hatte. Offenbar sollte dieses Ding meine irdischen Überreste enthalten, was merkwürdig war, da ich mich ja lebend in diesem Katzenknast befand. Die Frau wirkte auch etwas verwirrt und irgendwie eingeschüchtert, aber der 500-Euro-Schein, den Oskar plötzlich aus der Hosentasche zog und ihr dann in die Hand drückte, zeigte augenblicklich seine besänftigende Wirkung.

„Ja, geht klar, mach' ich. Sie können sich auf mich verlassen!". Sie stopfte den Schein schnell in die Kitteltasche und griff nach der Urne mit „meiner" Asche. Oskar nickte zufrieden.

„Und einen Tag danach komme ich dann nochmal vorbei und sie kriegen noch einen von diesen hübschen Scheinchen, versprochen!" legte er großzügig nach, um sicherzugehen, dass die Frau ihre Rolle auch wirklich überzeugend spielen würde. Sie freute sich offensichtlich über diesen unverhofften Reichtum, meinte dann aber mit einem beunruhigten Blick auf die Transportbox, aus der sie mein empörtes Maunzen hörte: „Aber dem Katerchen wird doch nichts geschehen?".

Oskar grinste nur schief wie einer dieser drittklassigen Ganoven in schlechten Krimiserien und meinte, sie solle sich keine Sorgen machen. In der Urne sei nur ein bisschen Zigarettenasche und Sand, und er werde mich bei einer netten Familie unterbringen. Ich sei nur einfach so eifersüchtig auf ihn, dass wegen mir noch die Hochzeit ins Wasser fallen würde, und deshalb wäre es am besten, er würde mich bei anderen Leuten unterbringen. Nur dürfe seine Verlobte nichts davon wissen, sie solle besser glauben, dass ich tot sei.

Zwei Fünfhundert-Euro-Scheine hatten offenbar die erhoffte hypnotische Wirkung, sie dieses Märchen ernsthaft glauben zu machen. Jedenfalls winkte sie mir und Oskar beruhigt zu, während sie mit dem Vorschuss-Schein in ihrer fleckigen Kitteltasche in Richtung des etwas heruntergekommenen Zwingers lief, der sich einige Meter hinter dem Zaun erstreckte.

Pension Katzenglück - eine wahre Katzen-Wellnessoase! Da war ich ja gerade nochmal davongekommen.

Dachte ich jedenfalls.

Oskar fuhr mit mir wieder quer durch die Stadt, diesmal dauerte es etwas länger, und wir hielten nicht zu Hause, sondern auf dem großen Parkplatz eines langgestreckten Firmengebäudes, vor dem mehrere Lastwagen standen, die ebenso wie das Gebäude in großen, roten Buchstaben beschriftet waren mit „DELUXE Wurstwaren Oskar Köpfer". Aha. Das war also Oskars Wurstfabrik. Bekam ich jetzt etwa ein Abschiedsfrühstück? Während ich misstrauisch durch die Gucklöcher starrte, stieg Oskar aus und ging auf einen der bei ihren Lkws herumstehenden Fahrer zu.

„Moin, Anton!", er schüttelte ihm die Hand und klopfte ihm auf die Schulter. „Bist mein bester Mann, deshalb habe ich jetzt auch eine ganz besondere Aufgabe für dich, Anton!"

Anton schaute ihn unter buschigen Augenbrauen hervor misstrauisch an. Offenbar war Oskar auch hier nicht gerade beliebt. Jedenfalls sahen auch die anderen Fahrer, die in einer kleinen Gruppe zusammenstanden, nicht so aus, als würden sie von ihrem Chef besonders viel halten. Während Oskar seinem Fahrer jovial auf die Schulter klopfte, verdrehte einer aus der Gruppe hinter seinem Rücken theatralisch die Augen, ein anderer machte eine wegwerfende Handbewegung und trottete dann kopfschüttelnd zu seinem Lkw. Das Grüppchen löste sich auf, und jeder machte sich zu seinem Fahrzeug davon, bevor der Chef auch sie noch mir irgendwelchen zusätzlichen Aufträgen nerven könnte. Aber Oskar war viel zu beschäftigt, um überhaupt zu bemerken, dass sie sich davonmachten.

„Also pass auf, Anton!", sagte er, während er die Transportbox vom Rücksitz nahm und vor Antons Gesicht hin und schwer schwenkte wie eine Schiffschaukel auf dem Rummelplatz. Ich rutschte von einer Ecke der Box in die andere und konnte mich gerade so auf den Pfoten halten. „Hier drin ist deine saftige Gehaltserhöhung!"

Anton glotzte mit gerunzelter Stirn dümmlich auf die Transportbox.

„Aha. Und die soll ich jetzt da rausholen, Chef?"

Anton schien wirklich nicht der Hellste zu sein.

„Nein, du Dummerchen! Da drin ist etwas, das du jetzt auf deine Fahrt nach Holland zum Worst-Heintje mitnimmst und dort, nun, sagen wir", er sog genüsslich die Luft ein und setzte sein diabolischstes Grinsen auf, „entsorgst!"

Anton glotzte wieder nur ziemlich belämmert seinen Chef an und bewies damit erneut, dass man vergessen hatte, ihm die Gebrauchsanweisung für sein Gehirn mitzugeben. Sogar ich begriff, was mit „entsorgen" gemeint war. Und jetzt wusste ich endlich, was mit diesem *Nirgendwo* gemeint war, zu dem Oskar mich bringen wollte, und zwar für immer. Aber vielleicht hatte Anton im Gegensatz zu mir noch nicht genug Mafiafilme gesehen, wo es ja ununterbrochen ums „Entsorgen" von irgendwelchen ungehorsamen Giacomos, Lucas oder Paolos ging. Ich sollte also entsorgt werden. Und jetzt würde ich vermutlich auch hören, wie Oskar sich das im Detail vorgestellt hatte. Mit Betonklötzen an den Pfoten in irgendeiner Regentonne versenkt? Oder in eine Wanne mit Säure geworfen, wo am Ende noch nicht mal mehr Knochen von mir übrigblieben? Oder von einer Maschinenpistolensalve durchlöchert wie ein Sieb? Offen gesagt fand ich keine dieser Möglichkeiten so attraktiv, dass ich sie mir als würdiges Ende meines zurzeit sechsten Katzenlebens gewünscht hätte. Ich hatte schon immer davon geträumt, einem sanften Herztod zu erliegen, während ich auf dem Dach die hübscheste Katzenlady der ganzen Stadt beglückte. Aber selbstverständlich erst in vielen Katzenjahren und nicht schon jetzt.

„Wenn du beim Worst-Heintje angekommen bist, lieferst du wie immer den Container ab, nur dass diesmal noch eine kostenlose Bonuszutat drin ist," wies Oskar seinen schwerfälligen

Mordgehilfen grinsend an, der ihn unter seinen buschigen Augenbrauen hervor immer noch begriffsstutzig anglotzte „die dann mit der ganzen Lieferung direkt in der Produktionshalle im großen Frikadellenformer landet. Alles klar, Anton?"

Offenbar nicht, denn Antons Gesicht war ein einziges großes Fragezeichen.

„Aber ich dachte, das sei meine Gehaltserhöhung, Chef? Wenn die im Frikadellenformer landet, dann", Oskar unterbrach ihn entnervt. „Du tust, was ich sage, dann bekommst du deine Gehaltserhöhung. Und zwar nicht in dieser Transportbox, sondern auf dein Konto, Monat für Monat 100 Euro netto mehr in der Tasche, bis du in Rente gehst!".

Da war bei Anton offenbar endlich der Groschen gefallen, jedenfalls zog langsam ein breites Grinsen über sein Gesicht.

Und das war dann auch das Letzte, das ich sah, bevor Oskar eine dicke graue Decke über die Transportbox warf, die mich nicht nur in vollkommene Dunkelheit, sondern auch in einen widerlichen Gestank hüllte, der mich fast sofort ins Reich der Träume schickte.

Chloroform war der erste Gedanke, den ich hatte, als ich mit dröhnendem Schädel erwachte. Das kannte ich von einem meiner Gott sei Dank seltenen Tierarztbesuche, wo im Behandlungszimmer gerade eine Katze operiert und vorher mit diesem Chloroform, wie es der Doktor genannt hatte, betäubt worden war. Den Gestank hatte ich tagelang nicht aus der Nase bekommen.

Ich fand mich wieder auf einem riesigen Haufen Wurstzipfel, Kutteln, Pansen und ähnlichen Wurst- und Fleischleckereien. War ich etwa im Katzenparadies gelandet? Mein Kopf brummte jämmerlich, aber ich schaffte es, mich etwas zu bewegen und mich umzusehen. Nein, das war nicht das Katzenparadies, oder ich hätte bisher nur immer eine ganz falsche Vorstellung davon gehabt. Keine frischen Leberstückchen, die verlockend von Bäumen hingen, keine Hühnerflügel, die einem von selbst in den Mund flogen. Und vor allem keine paarungswilligen Katzendamen weit und breit. Es sah mir eher danach aus, als ob ich in Antons Lkw zwischen der Lieferung für den Worst-Heintje gelandet war. Und mit dieser Erkenntnis kam auch die ganze Erinnerung zurück: Oskar. Pension Katzenglück. Anton. Entsorgen. Und: *Frikadellenformer*. Nachdem Oskar mich betäubt hatte, hatte er mich offenbar aus der Transportbox geholt und in den Container für den Worst-Heintje geworfen, mit dessen Inhalt ich dann in diesem ominösen Frikadellenformer landen sollte.

Mir sträubten sich die Nackenhaare, als ich mir vorstellte, wie ich zusammen mit der restlichen Lieferung in diese Maschine gekippt würde, deren Name nur für hungrige Zweibeiner Gutes verhieß. Vermutlich würde ich darin mit all den anderen Leckereien zerschreddert und so lange mit Petersilie, Salz und anderen Gewürzen verknetet werden, bis ich als Gourmet-

Frikadelle zusammen mit Kartoffelsalat auf irgendeinem Teller landete, und dann mit einem Bier hinuntergespült wurde.

Und Oskar sich dann endlich ungestört über meine Elinor hermachen konnte.

Dieser Gedanke machte mich mit einem Schlag hellwach, er wirkte beängstigender auf mich als die Aussicht auf eine Weiterexistenz als Frikadelle. Ich musste um jeden Preis verhindern, dass Oskar sich vollständig in Elinors Leben schleichen und sie unglücklich machen und mich von meinem Thron vertreiben würde. Denn es gab keinen Zweifel daran, dass das geschehen würde. Und dass ich das verhindern musste.

Ich weiß nicht, wie lange ich so chloroformberauscht dagelegen hatte, aber es mussten einige Stunden gewesen sein, denn offensichtlich waren wir gerade am Ziel angekommen. Jedenfalls wurde der Lkw immer langsamer, während er offenbar über einige größere Hindernisse rumpelte, und dann stoppte er jäh, und der Motor ging aus. Ich hörte, wie sich die Tür vom Führerhaus öffnete und Anton sich offenbar auf Holländisch mit mehreren Personen unterhielt. Eigentlich verstehen Katzen ja alle Sprachen, aber durch die dicken Isolierwände konnte ich natürlich nur hören, dass gesprochen wurde, aber leider nicht was.

Eines war allerdings klar: Ich konnte weder abwarten, bis ich irgendeinen Gesprächsfetzen verstehen würde, noch war letztlich das, was da gesprochen wurde, von entscheidender Bedeutung für mich. Denn wie mein unfreiwilliger Ausflug für mich ausgehen sollte, wusste ich ja bereits im Detail, und jetzt ging es nur noch darum, herauszufinden, wie ich dieses miese Drehbuch so verändern konnte, dass der Frikadellenformer auf mich verzichten musste. Ich holte tief Luft und richtete mich langsam auf. Das ging müheloser als ich befürchtet hatte, und ich fühlte mich sogar richtig ausgeruht - ausgeruht und: kampfbereit! Ich würde Anton zeigen, wer der Schlauere von uns beiden war, ich musste einfach nur den richtigen Moment erwischen, wenn er die Tür zum Laderaum öffnete, und dann: Ab in die Freiheit! Vorsorglich verleibte ich mir noch ein paar Wurstzipfel und Fleischstückchen ein, denn wer wusste schon, wann ich auf dem Nachhauseweg wieder etwas Essbares finden würde.

Anton schien sich da draußen immer noch zu unterhalten, jedenfalls machte er keine Anstalten, seine Fracht zügig loszuwerden. Vermutlich wurde er nach Stunden bezahlt und wollte das Ganze noch etwas in die Länge ziehen und Oskar ein bisschen übers Ohr hauen. Ja, mein Freund – das geschieht dir Recht! Die Schadenfreude verlieh mir zusätzliche Kräfte, und so stand ich hellwach, aufrecht und sprungbereit auf dem Mount Wurstzipfel. Die Stimmen entfernten sich, die Tür vom Führerhaus wurde wieder geöffnet, der Motor sprang an, und dann senkte sich langsam unter ständigem Alarmpiepen die automatische Ladeklappe. Hervorragend! Anton saß im Führerhaus und würde so gar nicht sehen können, wenn ich meinen Abflug machte. Ich wartete, bis die Klappe fast ganz offen war, lugte vorsichtig nach rechts und links, und landete dann mit einem katzenolympiadereifen Sprung, mit dem ich ganz sicher den bestehenden Katzenweitsprung-Weltrekord gebrochen hatte – in einer vollen Regentonne! Jetzt fehlten eigentlich nur noch die Betonklötze an meinen Pfoten, um mafiagerecht „entsorgt" zu werden. Aber so einfach lässt sich ein Kater wie ich nicht entsorgen, notfalls würde ich jetzt auf die Schnelle schwimmen lernen, auch wenn ich noch keinen Schimmer hatte, was das genau bedeutete. Der allgegenwärtige Katzengott, den ich natürlich auch jetzt wieder trotz der mehrmals nicht erfolgten Erfüllung meiner bescheidenen Wünsche anflehte, schien aber diesmal tatsächlich zufällig wach zu sein. Jedenfalls fühlte ich plötzlich sozusagen Land unter meinen Pfoten. Ich konnte im Wasser stehen, es musste sich um ein biblisches Wunder handeln! Aber was auch immer sich da unter meinen Pfoten befand, ich sah lieber nicht nach, denn selbst wenn es der berühmte Weiße Hai sein sollte – mir egal, Hauptsache, ich konnte darauf stehen und musste nicht schwimmen lernen.

Mein Kopf ragte gerade so viel aus dem Wasser, dass ich noch gut Luft holen, aber nicht entdeckt werden konnte. Ich beobachtete Anton, wie er schnaufend den Container ablud und über die Schienen in die Produktionshalle rollte, vermutlich direkt zum Frikadellenformer.

Als beide in der Halle verschwunden waren, sprang ich aus der Regentonne, schüttelte mich kurz und kräftig und schlug mich schnell ins nahe Gebüsch, um ganz in Ruhe überlegen zu können, wie meine Reise jetzt eigentlich weiterging. Denn eines war natürlich klar: Ich war in einem anderen Land, ein paar Hundert Kilometer weg von meinem Zuhause, und ich hatte weder einen Rucksack mit Vorräten noch Geld für ein Taxi noch eine Landkarte oder ein Handy dabei.

Mit anderen Worten: Ich hatte nicht die geringste Ahnung, wie ich jemals wieder nach Hause kommen sollte.

Es hatte letzte Nacht in Strömen geregnet, jetzt herrschte schier undurchdringlicher Nebel, und ich humpelte mit immer noch durchnässtem Fell eher wie ein geprügelter Hund denn wie ein stolzer Kater die Straße entlang. Ein Radfahrer hatte mich übersehen, als ich gestern Mittag aus der Einfahrt der Wurstfabrik geschossen war, und er und ich waren im Straßengraben gelandet – er fluchend und unverletzt, ich mit einer verstauchten Pfote, die mir noch tagelang Probleme machen würde. Und nachdem ich letzte Nacht nicht zu Hause auf meinem geliebten Seidenkissen geschlafen hatte, sondern im Unterholz auf einer knorrigen Baumwurzel hin und wieder mal eingenickt war, tat mir jetzt jeder einzelne meiner 240 Knochen weh.

Schlimmer allerdings war der nagende Hunger, der mich schon kurz nach meiner Flucht quälte, obwohl ich mich ja vorher vorsorglich noch am Mount Wurstzipfel gütlich getan hatte. Das war aber dann auch meine letzte Mahlzeit gewesen, und die war nun immerhin 24 Stunden her. Ich stellte mir vor, welche Köstlichkeiten Elinor wohl gerade in Paris aufgetischt wurden, und bekam den sprichwörtlichen Katzenjammer. Ich hätte jetzt sogar einen Regenwurm verspeist, wenn ich einen entdeckt hätte – für so etwas hätte ich sonst nicht mal den Kopf gehoben. Es wurde Zeit für eine richtige Mahlzeit!

Ich zuckte zusammen, als ich plötzlich ein schreckliches Knurren hörte, und schlug mich rasch seitlich ins Gebüsch. Erst als ich weit und breit keinen Hund sehen konnte, das Knurren aber immer noch zu hören war, begriff ich, dass der vermeintliche angriffslustige Hund mein Magen war, der um irgendetwas Essbares bettelte. Ich kroch beschämt aus dem Gebüsch hervor und trottete weiter durch den sich nun zügig lichtenden Nebel, in der Hoffnung, auf dem richtigen Weg zu sein.

Langsam begann ich mich zu fragen, wie ich mit der verletzten Pfote und ohne irgendetwas im Magen auch nur noch einen

Kilometer weiter, geschweige denn zurück nach Hause kommen sollte.

Aber wie sagt das Sprichwort so schön: Wenn du glaubst, es geht nicht mehr, kommt von irgendwo ein Lichtlein her! Und mein ganz persönliches Lichtlein tauchte plötzlich direkt vor mir aus dem Nebel auf, und es trug einen mit vielen bunten Stoffblumen überladenen Strohhut, eine schon von Weitem verführerisch nach Wurst duftende Einkaufstasche, eine funkelnde Brille und ein großes freundliches Lächeln im Gesicht.

Kap. 7
Catmandu im Katzenparadies

Ich konnte mein Glück nicht fassen. Der Katzengott hatte mich nicht nur schon wieder vor dem jämmerlichen Ersaufen in einer Regentonne gerettet, sondern mir auch noch eine Katzenfee in Gestalt einer reizenden alten Dame mit einem großen Herzen für Katzen geschickt. Sie hatte mich in das Körbchen gesetzt, das hinter dem Sitz auf ihrem Fahrrad angebracht war, eine kuschelige kleine Decke über mir ausgebreitet, und war mit mir durch den inzwischen aufgeklarten Mittag zu ihrem Zuhause geradelt.

„Fräulein Antje van Houten" stand auf dem Klingelschild des hübschen lavendelblau gestrichenen Häuschens, vor dem wir schon nach wenigen Minuten anhielten. Aha. Meine Retterin hieß also Fräulein Antje. Elinor war natürlich ein viel schönerer Name, aber ich wollte nicht kleinlich und undankbar sein, und hüpfte aus dem Körbchen auf die Treppe am Hauseingang. Die Haustür war sehr einladend gestaltet, in einem hübschen leuchtenden Grün, mit einem vermutlich selbst gebastelten Begrüßungsschild aus Holz in Form einer allerdings etwas treudoof dreinblickenden Katze. Ich war begeistert. Aber als ich an ihr vorbei in den Flur huschte, erstarrte ich fast vor Schreck. Rechts und links an den Wänden waren Regale angebracht, auf denen ganz viele Katzen saßen. Sie saßen völlig unbeweglich da und schienen einfach nur Löcher in die Luft zu starren.

„Schau mal, das sind meine lieben Kätzchen, die in den letzten 30 Jahren leider alle von mir gegangen sind!" sagte Fräulein

Antje, während sie mit mir den Flur hinunterschritt. „Ich habe sie von einem guten Freund einbalsamieren lassen, damit ich meine Lieblinge für immer um mich habe."

Sie lächelte und strich im Vorübergehen der einen oder anderen Katze übers Fell. Ich schickte erneut eine flehentliche Bitte an den Katzengott, dieses Mal, dass er verhindern sollte, dass ich jemals so ein gruseliges Schicksal würde teilen müssen. Aber andererseits würde meine Elinor ja niemals auf die Idee kommen, mich nach meinem hoffentlich sehr fröhlichen Abgang mit einer heißen Katzenlady auf dem Dach so unwürdig auf einem Regal im Flur zu präsentieren.

Es warteten aber noch weitere Überraschungen auf mich. Im Wohnzimmer sah es aus, als sei in diesem Haus vor über 100 Jahren einfach die Zeit stehengeblieben oder als habe Jules Verne es in seine Zeitmaschine gesteckt und dort vergessen. Ich kannte dieses angestaubte Ambiente aus Elinors und meiner absoluten Lieblingsserie *Sherlock Holmes*, in der der Meisterdetektiv so lange herumsaß und vor Langeweile hin und wieder in die Luft ballerte, bis endlich wieder ein Besucher klingelte und ihn mit einem bis dahin unlösbaren Fall dazu brachte, durch London zu streifen. Hier war aber weit und breit kein Sherlock Holmes zu sehen, nur auf dem altmodischen goldfarbenen Plüschsofa eine riesige schwarze Katze auf einem genauso riesigen dunkelroten Plüschkissen. Da sie genauso unbeweglich dasaß wie ihre Kumpel auf den Regalen im Flur und genauso Löcher in die Luft starrte, war das wohl ebenfalls eine von Fräulein Antjes eigentlich bereits im Jenseits befindlichen Katzen, die dann ebenfalls für die Ewigkeit einbalsamiert worden war. Auch in den vielen Gemälden mit breiten goldenen Rahmen an den blaugrau gestrichenen Wänden dominierten meine Artgenossen. Sie zeigten Katzen beim Spielen, Mäusefangen oder beim Schlafen.

Mit etwas gutem Willen konnte ich mir natürlich sagen, dass das einfach nur zeigte, was für eine große Katzenliebhaberin das gute Fräulein Antje war. Was ich mir ohne diesen guten Willen sagen sollte – darüber wollte ich lieber nicht nachdenken.

Aber jedenfalls passte Fräulein Antje hervorragend in dieses altmodische Ambiente. Nachdem sie den weiten dunkelbraunen Mantel abgelegt hatte, kam ein fast bodenlanges lavendelblaues Kleid aus glänzendem Stoff und mit so vielen Rüschen zum Vorschein, dass ihre kleine zarte Gestalt fast darunter verschwand. Vielleicht war ich ja versehentlich an einem Filmset für die nächste Staffel Sherlock Holmes gelandet? Ich guckte mich vorsorglich nach irgendwelchen vielleicht hinter einer der herumstehenden halbvertrockneten Palmen versteckten Kameras um, aber ich konnte nichts Verdächtiges entdecken. Ich beschloss, möglichst unbefangen alles einfach auf mich zukommen zu lassen.

Nachdem sie mich mit einem herrlich weichen lavendelblauen Handtuch abgerubbelt hatte, bis mein Fell trocken war und glänzte, setzte Fräulein Antje mir ein Schälchen mit köstlich duftender frischer Leber vor und nahm schließlich neben mir auf der Couch Platz, wo am anderen Ende immer noch die riesige schwarze Katze auf dem roten Plüschkissen thronte, was mir zugegebenermaßen etwas Unbehagen bereitete. Ich behielt sie vorsichtshalber lieber im Auge, falls sie doch wieder zum Leben erwachen und in mir einen Rivalen sehen sollte.

„Na, du kleiner Racker, wo bist du denn entlaufen?" fragte Fräulein Antje mich freundlich und kraulte mich unterm Kinn. Entlaufen? Das schien so das übliche Vorurteil zu sein, wenn man eine Katze irgendwo aufgriff. Dass es da draußen auch jede Menge Oskars gab, die einen entführten und dann irgendwo aussetzten oder, noch schlimmer, auf Mafiaart

„entsorgen" wollten, schien sich wohl keiner vorstellen zu können. Ich war ja Dank einer kleinen Intervention des Katzengottes, aber natürlich hauptsächlich Dank meiner überragenden Intelligenz noch einmal davongekommen, aber so viel Glück und Verstand hatte nicht jede Katze.

Ich hätte Fräulein Antje ja gerne geantwortet, aber wie bereits erwähnt hatten Elinors Versuche, mir das Sprechen beizubringen, bisher leider noch keinen Erfolg gehabt. So versuchte ich einfach, durch mein freundlichstes Katzengrinsen und ein Funkeln meiner saphirblauen Augen zu vermitteln, wie dankbar ich war, hier gelandet zu sein und dermaßen verwöhnt zu werden, auch wenn mich die Katzenparade im Flur doch etwas beunruhigte.

„Ich bin so froh, dass ich dich gefunden habe." säuselte sie mir ins Ohr. „Jetzt habe ich wenigstens wieder einen Kater, den ich verwöhnen kann, wo doch mein Schnurribert letzten Monat ins Katzenparadies eingegangen ist."

Sie schaute hinüber zu der Katze auf dem Plüschkissen, und ich sah, wie eine kleine Träne über ihre Wange kullerte. *Schnurribert*? Was war denn das für ein gruseliger Name für einen Kater? Nun gut, solange sie mich nicht so nannte, konnte mir das eigentlich egal sein.

„Und deshalb bist ab jetzt du mein Schnurribert, da ich ja deinen richtigen Namen nicht kenne!", sagte sie, als hätte sie meine Gedanken gelesen, nahm den stocksteifen Schnurribert von seinem Kissen und trug ihn hinaus in den Flur und setzte ihn zu den anderen Katzen aufs Regal. Mir stellten sich die Nackenhaare auf und die wohlige Stimmung, in die ich gerade langsam abgedriftet war, wich einem undefinierbaren Gefühl einer noch nicht klar erkennbaren, aber unausweichlich auf mich zukommenden Bedrohung. Wenn jemand so weit ging, einem Prachtexemplar wie mir einen derart demütigenden Namen wie *Schnurribert* zu geben – wie weit war derjenige dann noch bereit zu gehen? Vielleicht war das hier die Katzenversion von Hänsel und Gretel, und Fräulein Antje war die Hexe, die mich jetzt mästen würde, um mich am Ende zu schlachten und sich aus meinem Fell einen Nierenwärmer oder eine elegante Fellmütze zu machen? Ich schüttelte mich kurz und beruhigte mich mit der Erkenntnis, dass ja schließlich alle Katzen da draußen auf den Regalen noch ihr Fell hatten, auch wenn sie offensichtlich mausetot waren, und dass ich hier ganz bestimmt in Sicherheit war, bis ich mich wieder auf die Reise machen würde.

Denn so viel war klar: Keine zehn Pferde würden mich davon abhalten können, gleich morgen früh zuerst ein sehr reichhaltiges Frühstück und dann mich selbst klammheimlich zu verdrücken und mich nach einer Mitfahrgelegenheit für die Heimreise umzusehen.

Das dachte ich jedenfalls, weil ich da noch nicht wusste, dass keine zehn Pferde diese kleine alte Dame von ihrem Plan abbringen würden, ihren ganz persönlichen Schnurribert aus mir zu machen.

Fräulein Antje hatte mich in Schnurriberts Katzenkörbchen gesteckt und mir Gute Nacht gewünscht, und obwohl mich die beunruhigende Katzensammlung im Flur äußerst unangenehm an Stephen Kings Friedhof der Kuscheltiere erinnerte, fiel ich nach all den anstrengenden Ereignissen fast augenblicklich in einen tiefen, traumlosen Schlaf.

Am nächsten Morgen wurde ich von einem ungemein köstlichen Duft geweckt, der aus der Küche bis zu mir ins Katzenkörbchen strömte: Schinkenspeck! Mir lief förmlich das Wasser im Mund zusammen, und ich dehnte und reckte mich erstmal so richtig in alle Himmelsrichtungen, bevor ich aus dem Körbchen sprang und schnuppernd die Küche betrat.

„Schnurribert, da bist du ja, mein Lieber!" rief Fräulein Antje mir vom Küchentisch aus zu, wo sie gerade in eine riesige lavendelblaue Rüschenschürze gehüllt besagten Schinkenspeck auf einem Teller verteilte. Lavendelblau schien erklärtermaßen ihre Lieblingsfarbe zu sein.

„Schau, was ich hier Schönes für dich habe. Du bist doch bestimmt so richtig hungrig!"

Sie nahm den Teller und stellte ihn vor mir auf den Boden. Oh ja, und wie hungrig ich war! Ich hatte das Gefühl, schon seit Tagen nichts mehr in den Magen bekommen zu haben. Ich schnupperte trotzdem zuerst vorsichtig an der Köstlichkeit, aber dann machte ich mich genüsslich über die Speckscheiben her, bis ich sie alle ratzeputz aufgefuttert hatte. Fräulein Antje stellte den leeren Teller ins Waschbecken und sah mich höchst zufrieden an.

„Fein gemacht, mein Lieber!", sie nahm mich hoch und drückte mich an ihre lavendelduftende Brust. „Und jetzt darfst du in den Garten, da kannst du ein bisschen durchs Gras tollen."

Oh, ich danke dir, lieber Katzengott, dass du mir die Abreise so einfach machst! Ich war begeistert von dieser unverhofft raschen und unkomplizierten Möglichkeit, direkt nach dem Frühstück aus diesem Katzenmausoleum zu entkommen. Ich hatte selbstverständlich nicht vor, durchs Gras zu tollen, sondern geradewegs durch die Haustür und in einen hoffentlich offenen Lkw Richtung Heimat.

Fräulein Antje öffnete die Tür zum Garten und ich stolzierte scheinheilig betont gemächlich in das allerdings wirklich herrliche Grün hinaus, um wie ein Blitz auf die Straße zu schießen und zu verschwinden, sobald sie wieder im Haus verschwunden wäre. Aber sie verschwand zwar tatsächlich im Haus, aber Teil 2 des Plans war undurchführbar. Es gab keine Möglichkeit, aus diesem Garten zu entkommen. Denn zu meinem Entsetzen war er ringsum von einer sogar für die allgemein berühmt-berüchtigte Katzenakrobatik viel zu hohen und glatten Mauer umsäumt, die zudem auch noch mit Stacheldraht gekrönt war. War das hier etwa ein Katzenknast? Ich schlich von einer Ecke des Gartens in die andere, um überall nach einem Schlupfloch zu suchen, und mir hätte vermutlich ausnahmsweise sogar ein Mauseloch genügt, aber noch nicht einmal das war zu entdecken. Der kleine Baum in der Mitte des Gartens war für einen kühnen Sprung über die Mauer nicht geeignet, weil er viel zu weit davon entfernt war. Ich stromerte noch ein paar Mal durch den Garten, aber immer mit demselben Ergebnis: Ich war gefangen!

Nach einer gefühlten Ewigkeit erschien Fräulein Antje endlich wieder an der Tür und lockte mich mit einer hübschen golden funkelnden Sardine ins Haus, die sie dann allerdings erstmal in der Küche auf einem Tellerchen ablegte.

„Komm, Schnurribert, jetzt zeige ich dir deinen Thron, denn du wirst ab jetzt behandelt werden wie ein König!" kicherte sie, während ich ihr ins Wohnzimmer folgte. Dann hob sie mich auf und zeigte auf das schreckliche Plüschkissen, auf dem bis gestern noch der stocksteife Schnurribert Nr. 1

gesessen hatte. Und ehe ich groß nachdenken konnte, saß ich schon mit dem Hintern auf seinem Gesicht, denn die Kissenhülle war mit seinem Foto und der Aufschrift „King Schnurribert" bedruckt. Ich hatte mir ja durchaus hin und wieder bei Revierkämpfen gewünscht, einen meiner Rivalen unter dem Hintern zu haben, aber es war nie die Rede von einem Katzengeist gewesen, dessen tote Augen mir jetzt vermutlich Löcher in den Hintern starrten. Andererseits musste ich widerstrebend zugeben, dass das Kissen ungemein gemütlich war und seltsamerweise mit jeder Minute gemütlicher zu werden schien. Sogar gemütlicher als mein Lieblingsseidenkissen auf Elinors Couch.

Irritiert registrierte ich, dass mich langsam ein merkwürdig wohliges Gefühl zu durchströmen begann. Fräulein Antjes herzliches Lächeln und die freundlichen Worte, der Schinkenspeck und die golden glänzende Sardine, das ungemein gemütliche Plüschkissen, das ja sogar mein Thron sein sollte. Und einen Thron hatten, soweit mir bekannt war, doch nur rundum verwöhnte, geliebte königliche Hoheiten, für die man alles tat, was deren Herz begehrte. Im Gegensatz zu meinem Zuhause, wo mich ein brutaler, gewissenloser Oskar erwartete, der notfalls mit Gewalt meinen Platz in Elinors Herzen einnehmen und für mich gerade noch ein winziges Eckchen übrig oder vermutlich gar nichts von mir übriglassen würde – warum sollte ich dann eigentlich überhaupt noch dorthin zurückkehren? Hier gab es zwar eine hohe Mauer, aber wenn ich es mir recht überlegte, gab es hinter dieser Mauer doch eigentlich alles, was ich mir wünschte: einen Thron und zuvorkommendes Katzenpersonal in Gestalt dieser reizenden alten Dame, leckere Mahlzeiten und anders als in Elinors Stadtwohnung einen hübschen kleinen Garten mit hammermäßig grünem Gras, einem kleinen Bäumchen in der Mitte und sogar einigen Eckchen mit extra angepflanztem Katzengras. Und es gab definitiv keinen zweibeinigen Konkurrenten, denn unter uns: Man durfte doch davon ausgehen, dass sich erstens in dieses vorsintflutliche Ambiente kein geistig gesunder paarungswilliger Zweibeiner verirren würde und falls doch, ihm das gute Fräulein Antje ganz sicher viel zu alt wäre. Wenn man sich jedenfalls die ungefähr zehntausend Falten ansah, die nicht nur ihren weiteren Rock, sondern auch ihr Gesicht zierten, war zu vermuten, dass sie mit raschen Schritten auf die 80 zuging. Das entsprach mehr als 15 Katzenjahren. Und eine Katze in diesem Alter war entweder erstaunlich spät ins Katzenparadies eingegangen, oder aber eine Katzengreisin und insofern definitiv nicht mehr Jagdziel eroberungsfreudiger Katzencasanovas, sondern höchstens noch Tippgeberin für Rezepte für die besten Katzenleckerlis.

Alles in allem schien es sich bei Fräulein Antjes Häuschen doch offensichtlich schon um einen Vorhof des Katzenparadieses zu handeln. Warum also sollte ich meine neu erworbene Position als King Schnurribert mit allen Vorzügen, die sie mit sich brachte, aufgeben, nur um nach einer vermutlich sehr anstrengenden, lebensgefährlichen und langen Reise zu Hause festzustellen, dass meine Elinor lieber Oskar als mich kraulen und lieber ihm seine Lieblingsspeisen zaubern und deshalb keine Zeit mehr haben würde, mir die allerliebsten Lieblingskatzenleckerlis zuzubereiten? Ich vermisste Elinor wirklich sehr, aber wenn ich alles ganz nüchtern betrachtete, dann war doch eigentlich klar, dass nach drei Tagen Paris mit Kaugummiautomaten-Brillant-Verlobungsring am Finger und Oskars ständigen Verwöhnorgien und Komplimenten für mich ganz sicher nie mehr alles so werden wie es einmal war. Ich würde künftig immer an zweiter Stelle kommen, und das würde ich nicht ertragen. Wie hatte ich mir nur einbilden können, Oskar so einfach „entsorgen" zu können, wie er es mit mir geplant hatte? Ich war zwar selbstverständlich klüger als er, aber Menschen haben nun einmal mehr Möglichkeiten, ihre Pläne praktisch umzusetzen, als wir Katzen. Nein, auch wenn ich im Flur immer an diesem Friedhof der Kuscheltiere vorbeischleichen musste – ich würde es hier ganz entschieden besser haben als in meiner alten Heimat.

Ich schaute Fräulein Antje mit dem liebevollsten Blick aus meinen himmelblauen Augen, den ich zustande bringen konnte, an und schnurrte behaglich.

„Ach Schnurribert, mein Katerchen! Ich bin so glücklich, dass es dir hier so gut gefällt. Und weißt du was?", sie beugte sich lächelnd zu mir herüber und kraulte mich, „Wir machen ein Foto von dir auf deinem Thron, denn Schnurribert I. ist ja nun nicht mehr da. Du bist jetzt mein aller-allerliebstes Katerchen, mein King Schnurribert!"

Obwohl ich diesen Namen mehr hasste als Nutella auf einer Sardine, verhieß er mir ja letztlich paradiesische Freuden, und deshalb beschloss ich, mich möglichst schnell an ihn zu gewöhnen. Ich nickte also Fräulein Antje hoheitsvoll zu und setzte mein entzückendstes Katzengrinsen auf, als sie, wie nicht anders zu erwarten, nicht mit einer Handykamera, sondern mit einem riesigen vorsintflutlichen Fotoapparat vor mir stand und mich mit einem blendenden Blitz für mein Thronkissen verewigte.

Am anderen Morgen wurde ich erneut von verlockenden Düften geweckt, die aus der Küche zu mir ins Katzenkörbchen zogen, und auch diesmal wurde mir von Fräulein Antje ein Schälchen voll Köstlichkeiten serviert, die ich sofort gierig verschlang.

„Warte nur, Schnurribert - ab morgen wirst du nur noch die alleredelsten Leckereien bekommen, wie es sich für einen König gehört, nicht mehr dieses langweilige Futter!"

Fräulein Antje strahlte mich an. Langweiliges Futter? Ich verstand nicht, was sie meinte, denn was gab es Edleres als frische Leber oder Schinkenspeck oder herrlich golden leuchtende Sardinen? Nun gut, ich würde mich überraschen lassen.

Am Abend davor hatte ich noch eine unangenehme Begegnung der dritten Art, aber nicht mit den steifen Kumpeln auf den Regalen, sondern mit einem Fernseher - der durch Abwesenheit glänzte! Catmandu ohne Fernseher – das war wie ein Fisch ohne Wasser. Ich brauchte meine abendlichen Serienhighlights und zum Abschluss noch einen spannenden Krimi oder einen Horrorfilm, um mich ein bisschen zu gruseln und meinem Fell dadurch wieder mehr Standfestigkeit zu verleihen, nachdem Elinor es ausgiebig durchgekuschelt hatte. Aber egal in welche Ecke des Wohnzimmers ich spähte – es gab keinen Fernseher. Auch nicht im Schlafzimmer oder in der Küche. Ich war gerade auf dem Katzenklo gewesen, als plötzlich Stimmen erklangen, und ich erledigte mein Geschäft vor Freude in Weltrekordzeit, nur um dann festzustellen, dass diese Stimmen ganz offensichtlich aus einem vorsintflutlichen riesigen hölzernen Kasten kamen, der in der Küche auf einem Schränkchen stand. Das war wohl das Vorgängermodell der Fernseher, der sogenannte Radio. Im Fernsehen hatte ich hin und wieder mal davon gehört. Wenn ich hier also überleben wollte, musste ich Fräulein Antje irgendwie dazu bringen, sich von diesem Ungetüm zu verabschieden und sich einen Fernseher zuzulegen. Mit diesem Gedanken und einigen Ideen, wie ich das schaffen könnte, war ich schließlich eingeschlafen.

An diesem Morgen in Fräulein Antjes Küche fiel nach dem Frühstück und ausgiebigem Herumtollen im Garten dann plötzlich mein Blick auf den mit drolligen Katzenfotos verzierten Kalender an der Wand über dem Herd. Und es traf mich wie ein Keulenhieb: Heute war Montag! Heute kam Elinor aus Paris zurück. Heute würde ihr von Oskar mit diesem scheußlichen Ding, in dem angeblich meine Überreste waren, das Herz gebrochen, während ich hier mit Leckereien vollgestopft in Sherlock Holmes Wohnzimmer saß und mich zutiefst bemitleidete, weil ich keinen Fernseher hatte.
Aber so traurig es auch klingen mag, es war auch hier wie immer im Leben von Zweibeinern und Vierbeinern: Unangenehmes ließ sich in der Regel schnell verdrängen, wenn neue Freuden und Verlockungen winkten. Und das Bild einer traurigen Elinor mit meiner Urne in der Hand ließ sich erschreckend schnell und einfach verdrängen durch das, was ich gerade in Fräulein Antjes Hand erspähte: einen Prospekt vom Technikmarkt! Auf der Vorderseite waren jede Menge Fernseher zu sehen, und mir entfuhr unwillkürlich ein begeisterter Maunzer. Der Katzengott schien inzwischen schon auf meine noch gar nicht ausgesprochenen Bitten zu reagieren, woraus ich auch schloss, dass er mir nicht böse war wegen meiner Beschwerden, was durchaus beruhigend war. Du kannst einen Kater als ernstzunehmenden Rivalen gegen dich haben – aber den Katzengott? Jede Katze auf dieser Erde wusste, dass sie das besser vermeiden sollte, wenn sie ihre neun Leben voll auskosten wollte.
Leider legte Fräulein Antje den Prospekt zwar erstmal auf den Küchentisch, aber ein Anfang war gemacht. Ich sah mich

schon abends auf meinem Thronkissen sitzen und mich gemeinsam mit Fräulein Antje über Charlie Harper, Doug Heffernan und Sherlock Holmes amüsieren.

Oh ja – das Leben hier wurde immer besser!

Meine Elinor und die Erinnerung an sie hatte ich ganz offensichtlich ohne groß zu zögern widerstandslos gegen einen Fernseher und die Aussicht auf einige andere vermeintlich begehrenswerte Dinge eingetauscht, wie mir später beschämt klarwerden sollte.

Kap. 8
Schnurribert dankt ab

Irgendwie hatte ich dann jedes Zeitgefühl verloren, und ich muss leider zugeben, dass ich in den ganzen vier Wochen, die diesem Morgen folgten, anfangs nicht ein einziges Mal mehr an mein altes Zuhause und an Elinor gedacht hatte. Zu meiner Verteidigung kann ich nur anführen, dass ich völlig davon überzeugt war, bereits durch den wurstfingrigen Oskar ausgetauscht worden zu sein, und mein Gedächtnisverlust deshalb eine Art Trotzreaktion war. Aber wie auch immer es gewesen sein mag – am Ende dieser vier Wochen würde ich sehr unsanft in der Realität und wieder in dem Teil meines Herzens angekommen sein, in dem immer noch die Erinnerung an meine große Liebe Elinor schlummerte.

Zuerst ließ sich ja alles noch wunderbar an, auch wenn Fräulein Antje beim nächsten Frühstück mit den angekündigten „einem König angemessenen alleredelsten Leckereien" ankam. Es handelte sich um etwas, das angeblich alle Katzen lieben, aber auf das in Wirklichkeit nur bourgoise Katzenimitate hereinfallen: diese kleinen viereckigen Döschen, die angeblich köstliche Kreationen und luxuriöse Mahlzeiten für Gourmetkatzen beinhalteten. Dass diese luxuriöse Mahlzeit in der Werbung immer mit einem offenbar unvermeidlichen Petersiliensträußchen garniert wurde, bewies nur, dass man nicht die geringste Ahnung davon hatte, was ein angemessenes Menu für eine Gourmetkatze war. Jedenfalls war Fräulein Antje ganz offensichtlich der Überzeugung, mir damit einen großen Gefallen zu tun, und es gab von da an weder frische Leber noch

Schinkenspeck noch goldglänzende Sardinen. Damit hätte ich mich zur Not noch arrangieren können, vor allem solange ein riesiger HD-Fernseher direkt vor meinem Thronkissen platziert wäre. Allerdings schien sich auch die Umsetzung dieses Wunsches doch komplizierter zu gestalten als zuerst gedacht. Der verheißungsvolle Prospekt lag auch noch zwei Tage, nachdem Fräulein Antje ihn dort hingelegt hatte, auf dem Küchentisch, und danach verschwand er endgültig im Abfalleimer. Aber ich gab nicht auf, denn solche Prospekte trudelten ja letztlich ständig ein, und irgendwann wäre Fräulein Antje bestimmt weichgekocht und würde nachgeben.

Langsam aber sicher ungemütlich wurde es mit den ersten kühlen Tagen, denn da kramte sie plötzlich aus einer Schublade etwas hervor, das sie dann übers ganze Gesicht strahlend triumphierend in die Höhe hielt.

„Schau, Schnurribert, ist das nicht wunderbar?"

Sie wedelte damit vor meinem Gesicht herum und lachte.

„Ist das nicht ein schönes Katzenpullöverchen?"

Dieses lavendelblau-gelb-gestreifte Etwas war also ein Kleidungsstück – für Katzen? Noch ehe ich die Antwort auf diese Frage gefunden hatte, steckte ich bereits darin, denn Fräulein Antje hatte mir dieses wollene Ungetüm in blitzartiger Geschwindigkeit übergestreift. Ich mochte mir gar nicht vorstellen, welches Bild als misslungener Abklatsch von Biene Maja ich damit abgab, Fräulein Antje jedenfalls klatschte begeistert in die Hände und holte sofort ihren Fotoapparat, um meine Schande auf Zelluloid zu bannen. Nach einer unerträglichen Fotosession mit mehreren unwürdigen Posen, in die sie mich setzte, durfte ich endlich hinaus in den Garten, wo ich zuerst einmal den Kopf im Katzengras vergrub, um den Würgereiz und die empfundene Schmach zu vertreiben.

Dann entwickelte Fräulein Antje die unangenehme Angewohnheit, mich alle paar Tage in eine Wolke aus

Lavendelpuder zu hüllen, und mich bei jedem Versuch, nicht immer nur auf dem Thronkissen, sondern auch einmal auf einem Sessel oder der Couch zu sitzen, sofort zurück auf das Kissen zu jagen. „Nein, Schnurribert, nein! Bleib schön auf deinem Thron, sonst ist hier alles voll mit Katzenhaaren!" rief sie mit strenger Miene, während sie ein einzelnes Katzenhaar, das vermutlich noch von einem Vorgänger stammte, in die Höhe hielt. Und tägliche Kuschelorgien gab es natürlich auch nicht, alles wegen der Katzenhaare. Das höchste der Gefühle waren sekundenkurze Kinnkrauler oder ein freundliches Kopfstreicheln im Vorbeigehen, aber das konnte Elinors sehr ausgiebige liebevolle Zuwendung natürlich nicht ansatzweise ersetzen.

Ich gehorchte resigniert und blieb fast so steif wie meine Vorgänger auf den Regalen auf meinem Thronkissen sitzen, lauschte den Stimmen aus dem Radio und startete klägliche Versuche, mir dazu im Kopf meine eigenen Filme zu basteln, während Fräulein Antje fleißig an neuen Katzenpullovern für die kommende kalte Jahreszeit strickte.

Je länger ich mich in diesem Katzenmausoleum aufhielt, desto mehr entpuppte das anfangs so liebevolle und freundliche Fräulein Antje sich für mich als die irre Annie, die in Stephen Kings *Misery* einen verunglückten Schriftsteller bei sich gefangen hält und quält, damit er ihren Lieblingsroman für sie beendet. Ich hatte zwar bei einigen Katzendamen durchaus schon Begeisterungsstürme und danach feurige Liebesnächte geerntet für meine selbstgedichteten Liebesballaden. Aber ansonsten hatte ich keine literarische Begabung und hätte insofern keinen Roman für mein Fräulein Antje beenden können. Aber wäre das die Bedingung für eine Freilassung gewesen – ich hätte vor lauter Panik schnellstens einen Blitz-Literaturkurs bei der Katzenakademie belegt.

Fräulein Antje grummelte auch häufig irgendetwas vor sich hin, und es hörte sich immer an wie Schimpftiraden auf irgendwelche Männer, die sie vor offenbar gefühlt 100 Jahren mal kennen gelernt und die sie dann aus ihrer Sicht völlig grundlos verlassen hatten.

Und irgendwie schien sie nach und nach alles Mögliche an mir zu stören: Wie angeblich wenig hoheitsvoll ich ihrer Ansicht nach auf dem edlen Thronkissen meines Vorgängers saß. Wie hastig und ohne sie angemessen zu würdigen ich meine sogenannten Gourmet-Mahlzeiten verzehrte, dabei schlang ich sie ja nur möglichst schnell hinunter, um zu verhindern, dass der aufkommende Würgereiz sie genauso schnell wieder nach oben beförderte. Sie beklagte sich darüber, wie sehr ich mich gegen das Anziehen der selbstgestrickten wunderschönen Katzenpullöverchen sträubte und gegen den Lavendelpuder, der doch schließlich nur dafür sorgen sollte, dass sich keine Katzenflöhe über mich hermachten. Dabei hätte ich mich lieber mit einer ganzen Katzenflohfamilie in meinem Fell arrangiert als mit diesem schrecklichen Niespulver.

Meine anfängliche Begeisterung für mein neues Zuhause wich von Tag zu Tag mehr einer schleichenden Depression. Ich bemühte mich zwar, so hoheitsvoll und aufrecht wie möglich auf dem Thronkissen zu sitzen, aber innerlich sank ich immer mehr in mich zusammen wie ein Luftballon, aus dem langsam aber sicher die Luft entwich, bis am Ende nur noch eine leere Hülle übrig bleiben würde.

Dosenfutter. Kein Fernseher und keine Kraulorgien. Keine nächtlichen erotischen Abenteuer auf dem Dach. Couchverbot. Katzenpullover. Ich war offensichtlich nicht wie zuerst vermutet im Vorhof des Katzenparadieses gelandet, sondern im Katzenfegefeuer, von dem mir mein guter Kumpel Eddy irgendwann einmal so ganz nebenbei erzählt hatte. Dort landeten angeblich alle Katzen, die extrem eitel, fress- oder sexsüchtig und vor allem aber die, die ihren Herrchen oder Frauchen gegenüber undankbar gewesen waren. Nun ja, ich liebte

Leckereien - die auf dem Teller und die auf dem Dach. Und ich ließ mir durchaus gerne von meinem Spiegelbild schmeicheln. Aber doch ganz bestimmt nicht so sehr, dass ich in solch einem Fegefeuer landen musste! Das mit der Undankbarkeit allerdings gab mir nun ein wenig zu denken. Aber weiter als bis „Vielleicht hätte ich besser…" kam ich mit meiner tiefenpsychologischen Selbsterforschung nie, weil jedes Mal Fräulein Antje entweder mit der Puderquaste oder dem Dosenfutter oder einem neuen Katzenpullover ankam und mich unsanft aus meinen Gedanken riss.

So vergingen dann die Wochen, und das Laub des kleinen Baums in der Mitte des Gartens begann sich bunt zu verfärben. Bis auf die kurzen täglichen Aufenthalte im mauerumsäumten Garten saß ich nur teilnahmslos auf meinem Thronkissen, ließ mich einpudern und hin und wieder streicheln, stierte deprimiert vor mich hin und versuchte, in meinem Kopf die eine oder andere Folge von Two-and-a-half-men, King of Queens oder Sherlock Holmes ins Leben zu rufen, um nicht ganz durchzudrehen. Hin und wieder dachte ich auch mal an Elinor und stellte mir vor, wie sie jetzt mit Oskar ihr Leben genoss und mich ganz sicher schon längst vergessen hatte.
Fräulein Antje schien meinen Zustand überhaupt nicht zu bemerken, was aber wohl hauptsächlich daran lag, dass sie ständig damit beschäftigt war, irgendwelche nicht anwesenden Männer zu beschimpfen und zu verfluchen. Sie entpuppte sich als verschrobene alte Jungfer, deren einziges Glück offenbar im Gefangenhalten von lebendigen und toten Katzen lag.
Ich war inzwischen vermutlich nur noch ein klägliches Abbild meiner selbst, und ich hatte mich irgendwie mit meinem Schicksal arrangiert, in absehbarer Zeit stocksteif wie die anderen aus der Sammlung auf dem Regal im Flur zu enden. Mein Fell, auf das ich immer so stolz gewesen war, hatte seinen

schönen Glanz verloren und hing platt an mir herunter wie die billigste Katzenperücke aus *CatsMagicHair Shop*.

Als Fräulein Antje aber eines Tages darüber schimpfte, welche Spuren meine Krallen angeblich überall hinterließen, stellten sich nicht nur meine Nackenhaare, sondern mein ganzes Fell auf wie die Stacheln eines Igels. Denn ich ahnte, was nun folgen würde. „Schnurribert, so geht das nicht weiter!" schimpfte sie kopfschüttelnd und zeigte mit ihrem knochigen Finger auf eine tiefe Kratzspur auf dem Holzboden. Sie stammte vermutlich von einem meiner dahingeschiedenen Vorgänger, jedenfalls definitiv nicht von mir, denn ich hatte mir schon als Katzenbaby angewöhnt, meine Krallen niemals auszufahren, und nur auf Samtpfötchen durch die Wohnung zu huschen.

Sie trippelte in ihren ausgelatschten lavendelblauen Filzpantoffeln in den Flur hinaus, wo unter dem Katzenregal der altmodische Telefonapparat mit Wählscheibe stand, und ich schlich hinterher, um alles genau mitzubekommen. Versteckt hinter der Tür, lugte ich durch den Türspalt und sah, wie sie eine Nummer wählte.

„Ja, guten Tag, hier ist Fräulein Antje van Houten. Ist dort die Tierarztpraxis Doktor Mulder?"

Sie räusperte sich kurz.

„Nein, kein Notfall. Aber wir brauchen doch möglichst bald einen Termin bei Ihnen."

Hatte ich richtig gehört - sagte sie *wir*? Ich brauchte ganz bestimmt keinen Termin beim Tierarzt, ich hatte schon zu viele Horrorgeschichten über Tierarztbesuche gehört, um nicht zu wissen, dass sie außer dem Empfang eines halbvertrockneten Leckerlis, das man am Ende der Torturen als armseliges Trostpflaster bekam, nie erfreulich endeten. Mein Kumpel Eddy hatte die Praxis als gedemütigter Katzeneunuch verlassen, der um sein Gesicht zu wahren gerade mal noch ein paar klägliche Maunzer zustande brachte, wenn eine Katzendame vorbeiflanierte, aber außer den Stimmbändern regte sich da nichts mehr bei ihm. Andere hatten von riesigen Spritzen erzählt, die man ihnen in den Hintern oder sonst wohin jagte. Und von einem grässlichen Instrument, das zu etwas gebraucht wurde, das keine Katze jemals erleben will. Ich auch nicht.

„Ja, Sie müssen meinem Schnurribert unbedingt die Krallen ziehen! Er zerkratzt mir hier die ganze Wohnung!"

Da war es, das Wort: K-r-a-l-l-e-n-z-i-e-h-e-n! Ich erstarrte vor Schreck.

„Und dann könnten wir auch gleich einen Termin machen zum Kastrieren!"

Sie kritzelte beide Termine auf einen Block, bedankte sich und legte auf. Ich huschte schnell wieder auf mein Thronkissen und richtete mich so gerade es nur ging auf, auch wenn mir nach dieser Schocknachricht eher danach war, mich wie ein Igel zusammenzurollen.

„So, mein Lieber, ich habe eine gute Nachricht! Übermorgen gehen wir mal kurz Doktor Mulder guten Tag sagen, das ist ein sehr lieber Mann. Alle Katzen mögen ihn!"

Ich wunderte mich, dass Fräulein Antje nicht schamrot wurde bei dieser offenkundigen Lüge, denn ich kenne keine einzige Katze, die Tierärzte mag, egal wie lieb sie angeblich sind. Denn lieb sind sie nur solange du noch nicht bei ihnen auf dem Behandlungstisch sitzt und sie die riesige Spritze noch nicht hinter ihrem Rücken hervorgeholt und mit einem satanischen Grinsen lustvoll in dich hineingejagt haben.

Übermorgen also sollte ich zuerst meiner überlebensnotwendigen Verteidigungswerkzeuge und irgendwann später dann auch noch meiner Männlichkeit beraubt werden. Ich fragte mich, ob es nicht doch würdevoller gewesen wäre, mit Majoran und Petersilie im Frikadellenformer und danach als Leckerbissen auf irgendeinem Teller zu landen. Vielleicht wäre es ja sogar in einem Sterne-Restaurant gewesen und der Chef-koch hätte einen weiteren Stern für die sagenhafte Gourmet-Frikadelle ergattert, zu der ich geworden war. Das wäre ein angemessener Abgang für einen besonderen Kater wie mich gewesen. Stattdessen sollten mir nun alle wichtigen Attribute, die einen richtigen Kater auszeichneten, weggenommen wer-den.

Nachdem ich das unvermeidliche Dosenfutter in mich hin-eingeschlungen hatte, durfte ich noch die übliche kurze Ver-dauungsrunde im Garten drehen.

Dann schlich ich zu meinem Katzenkörbchen, rollte mich zusammen und schnurrte mich vor Kummer in den Schlaf.

Kap. 9
Der blutige Bannstrahl der Rache

Mitten in der Nacht schreckte ich plötzlich aus dem Schlaf. „He, Catmandu! Wach auf, Freundchen!" Ich blinzelte aus meinem Katzenkörbchen irritiert und verschlafen ins Dunkel. Ich hatte wohl geträumt, jemand hätte mich gerufen. Das war vermutlich die Folge der „luxuriösen Thunfisch-Gourmet-Paté" aus der Dose, die mir irgendwie wie ein Stein im Magen lag. Ich streckte mich kurz und rollte mich wieder zusammen, um weiterzuschlafen.

„He, Kumpel, aufwachen!"

Ich erstarrte. Es hatte mich tatsächlich jemand gerufen, und die Stimme kam aus dem Flur. Aber sie klang nicht nach Fräulein Antje, sondern eher so, wie man es aus Geisterfilmen kennt – halb geflüstert und ein bisschen heiser. Mein Fell richtete sich schlagartig auf.

„Jetzt stell dich nicht so an, du bist doch ein Kater und keine Pussy, oder? Komm schon her, ich beiße nicht!" erklang es wieder aus dem Flur. Was um alles in der Welt war das? Ich hob den Kopf, streckte vorsichtig eine Pfote nach der anderen aus dem Körbchen, und schob meinen Kopf langsam hinter dem Türrahmen hervor in den Flur. Und da sah ich es.
King Schnurribert I., den ich nur als stocksteifes Ensemblemit-glied von Fräulein Antjes gruseligem Friedhof der Kuschel-tiere im Flur kannte, saß völlig entspannt auf dem Regal und grinste zu mir herunter. Ich träumte also wohl immer noch. Wenn Zweibeiner sichergehen wollen, dass sie wach sind und nicht träumen, kneifen sie sich. Wir Katzen hauen uns in

solchen Fällen mit der Pfote ein, zwei Mal auf das rechte Ohr. Ich haute. Es tat weh. Ich träumte also nicht, ich war wach.

„Da staunst du, was?" grinste King Schnurribert und schien sich seinem Titel entsprechend königlich über meine vermutlich völlig entgeisterte Miene zu amüsieren.

„Ich wollte erst mal abwarten, bis du so richtig weichgekocht bist, damit du weißt, was du wirklich willst, und zu schätzen weißt, was du bei deiner Elinor hast."

Er schaute triumphierend zu mir herunter, und sein Blick aus leuchtendgrünen Augen durchschnitt die Dunkelheit wie ein Laserstrahl.

„Ist ja hier wohl etwas anders gelaufen als du es dir vorgestellt hast, Kumpel!" Er grinste wieder. „Aber glaub mir, Catmandu: Lieber entkrallt und entmannt, als von einem Frikadellenformer zerknetet mit Senf auf irgendeinem peinlichen Volksfest auf einem ordinären Pappteller zu landen!".

Ich zuckte zusammen. Woher wusste er das mit dem Frikadellenformer? Und: Woher um alles in der Welt kannte er meinen richtigen Namen und den von Elinor? Konnte dieser Geisterkater etwa hellsehen?

„Und wie, mein Freund! Ich habe schließlich drei Jahre auf der Schulter einer Wahrsagerin verbracht und ihr alles eingeflüstert, was sie ihren neugierigen Kunden sagen sollte."

King Schnurribert hob die Augenbrauen, was ihn ziemlich eingebildet aussehen ließ.

„Ich war nämlich die beste Wahrsagekatze, die es jemals gab. Bin ich natürlich immer noch, aber mit sehr eingeschränkten Einsatzmöglichkeiten, wie du siehst, denn ich werde nur nachts wieder lebendig und bin auch an diesen Ort gebunden."

Ich musste an Madame Agatha denken und wie sie mich in offenbar auch für sie völlig unerwarteter Hellsichtigkeit als Liebessaboteur entlarvt hatte. Ich war so verblüfft, dass mir nichts anderes einfiel als ein dümmliches „Aha!". King Schnurribert grinste wieder.

„Du bist mir sympathisch, Alter! Und da ich natürlich deine Geschichte in- und auswendig kenne, habe ich beschlossen, dir mit meinen Fähigkeiten sozusagen ein bisschen auf die Sprünge zu helfen."

Er sprang sehr elegant vom Regal und landete lautlos direkt neben mir auf dem Boden.

„Denn das, mein egoistischer, eifersüchtiger kleiner Freund, hast du mehr als nötig! Und mir hilft es gegen die tödliche Langeweile in diesem Geisterhaus".

Er musste über seinen eigenen Witz lachen, und ich wusste immer noch nicht, was ich sagen sollte. Weder hatte ich jemals davon gehört, dass Katzen nach ihrem Ableben eine geheime Existenz als Katzengeist weiterführten, noch war ich jemals einem solchen Exemplar begegnet.

„Entspann' dich, Kumpel! Alles wird gut!"

King Schnurribert zwinkerte mir zu.

„Ich heiße übrigens Diego, nenn' mich also auf keinen Fall Schnurribert, sonst muss ich dich mit einem meiner gefürchteten Zaubersprüche töten!"

Er lachte heiser, als er sah, wie ich erschrocken zusammenzuckte. Mit einer Geisterkatze sollte man es sich ja vielleicht lieber doch nicht verscherzen, also strich ich das sowieso verhasste Wörtchen *Schnurribert* aus meinem Gedächtnis.

„Ich bin in Brasilien in den Slums geboren und war dort sozusagen das Maskottchen einer gefürchteten Straßengang, von der übrigens auch mein Slang stammt. Konnte ich mir weder vor noch nach meinem Tod abgewöhnen."

Diegos Sprachschatz war allerdings tatsächlich etwas gewöhnungsbedürftig für einen wohlerzogenen Kater wie mich. Aber ich fing an, es irgendwie zu mögen.

„Dann bin ich versehentlich auf einem Kreuzfahrtschiff und dort auf der Schulter der guten Madame Tarantella gelandet, die auf dem Schiff für die gelangweilten Urlauber wahrsagte. Drei Jahre lang war ich ihre Informationsquelle, und ich habe niemals versagt!"

Diego hob wieder stolz den Kopf.

„Aber eines Tages brannte sie einfach mit einem ihrer Kunden, einem steinreichen Grafen aus England, durch und ließ mich zurück. Der Kapitän hatte Angst vor mir, also warf er mich einfach mitten auf dem Atlantik über Bord. Und weißt du was? Ich bin die ganzen Tausende von Seemeilen bis zum Festland geschwommen!"

Er sah mich Beifall heischend an, aber offen gesagt wusste ich nun nicht mehr so ganz genau, was ich ihm eigentlich glauben konnte. Wahrsagen – ja. Katzen sind irgendwie bekannt dafür, dass sie Dinge ahnen oder sogar wissen, die Zweibeiner weder sehen noch ahnen können. Aber Schwimmen? Und das auch noch über eine riesige Strecke? Ich hielt es aber für klüger, gegenüber einem mir noch ziemlich unbekannten und in magischen Sprüchen ausgebildeten Katzengeist meine Skepsis besser nicht zu zeigen, und zauberte stattdessen den größten Ausdruck der Bewunderung aufs Gesicht, den ich aufbringen konnte.

„Spar dir die Heuchelei, Alter! Ich sehe genau, dass du mir nicht glaubst. Aber weißt du, was?", er grinste und hieb mir mit der Pfote sanft in den Nacken, „Ich würde mir das auch nicht glauben!".

Jetzt musste ich auch grinsen. Irgendwie gefiel mir dieser freche Kerl immer besser.

„Aber jedenfalls bin ich direkt vom Schiff herunter im Tierheim gelandet, und dort holte mich dann schließlich Fräulein Antje ab."

Spannende Geschichte, die der gute Diego da erlebt hatte. Dagegen kam mir meine Frikadellenformer-Story irgendwie ziemlich lahm vor.

„Na dann, Diego! Ich hoffe, du nimmst es mir nicht übel, dass ich jetzt auf dein Thronkissen verfrachtet wurde!" war alles, das ich nach der unerwarteten Begegnung mit einem Katzengeist an halbwegs intelligenter Konversation hervorbrachte. Diego winkte mit einer Pfote ab.

„Ich kann dir gar nicht sagen, wie froh ich bin, da nicht mehr sitzen zu müssen. Was die gute Antje wollte, war ein unterwürfiger Stubenkater, der weder die Krallen ausstreckte, noch auch nur ein einziges Haar irgendwo hinterließ, noch sich überhaupt außer zum Fressen von seinem Kissen bewegte."

Er holte tief Luft.

„Also schloss ich nach einigen unerträglichen Monaten eines schönen Abends die Augen und machte sie am nächsten Morgen einfach nicht mehr auf. Adieu, Fräulein Antje – adieu Katzenknast!"

Jetzt grinste er wieder.

„Dass ich nicht direkt im Katzenparadies landen würde, war mir klar, da ich unter uns gesagt zu Lebzeiten nicht gerade ein Unschuldsengel war. Ich könnte dir Dinge erzählen," er machte eine kunstvolle Pause, und ich schob gespannt auf ein paar deftige kleine Geschichten erwartungsvoll meinen Kopf nach vorne, „aber das lassen wir lieber."

Ich seufzte enttäuscht, aber Diego gab mir einen leichten Hieb mit der Pfote.

„Reiß dich zusammen, Lustmolch!" Er zwinkerte mir verschwörerisch zu. „Dass ich dann allerdings hier bei diesen stocksteifen Langeweilern auf dem Regal lande – das hatte ich nicht erwartet."

Er seufzte resigniert, nur um gleich darauf wieder der taffe Diego aus der brasilianischen Straßengang zu sein. „Aber jetzt geht's um dich, Alter! Wir müssen dich hier herausholen, aber als allererstes brauchst du eine krasse Verhaltenstherapie!"

Ich stieß einen erstaunten Maunzer aus. Sollte ich etwa schon wieder zum Katzenpsychologen? Wo war ich denn nun wieder hingeraten? Eine tote Katze entpuppte sich als Katzengeist, der sogar hellsehen und zaubern konnte, und der mich nun auch noch zum Katzenpsychologen schicken wollte. Ich haute mir noch einmal aufs rechte Ohr. Es tat weh. Ich war also definitiv wach.

„Verhaltenstherapie? Was meinst du denn genau, Diego?" stotterte ich und schaute ihn verwirrt an.

„Du, mein guter Freund, hast deiner wunderbaren Elinor mit deiner Eifersucht und deinem grenzenlosen Egoismus bisher alle Chancen auf einen Traummann verbaut. So wie diese drei armseligen Typen hier", Diego zeigte mit der Pfote auf die drei Katzen, die links von seinem jetzt leeren Platz auf dem Regal saßen, und die regungslos Löcher in die Luft starrten, „es nacheinander mit der einmal sehr hübschen, fröhlichen und zufriedenen jungen Antje gemacht haben, bis sie schließlich zu der einsamen, verschrobenen alten Jungfer geworden ist, die alle Männer hasst und ein Katzenmausoleum zu Hause hat." Er sah mich mahnend an.

„Und genau so wird deine Elinor enden, wenn du nicht endlich damit aufhörst, alle Männer in die Flucht zu schlagen, um sie für dich alleine zu haben. Willst du das etwa wirklich – irgendwann mit einer verschrobenen Jungfer namens Elinor leben? Also mit Katzenpullovern, Flohpuder, entkrallt und, am allerschlimmsten", er schüttelte sich vor Grauen, „ohne deine *Cojones*? Denn eines kannst du mir glauben: die schneiden sie dir schneller ab als du blinzeln kannst, Freundchen! Du wirst fett und träge, und mit dem Sex ist es auch nichts mehr – zu anstrengend. Keine Lust. Du kriegst keinen mehr hoch!"

Diego stieß verächtlich den Atem aus. „Da kannst du auch gleich freiwillig zu uns aufs Regal kommen!".

Das ließ ich allerdings lieber bleiben, denn ich wollte zwar selbstverständlich weder entkrallt noch entmannt werden, aber auch auf gar keinen Fall tot und stocksteif auf einem Regal sitzen und Löcher in die Luft starren.

„Menschen brauchen Menschenpartner, so wie wir Katzen Katzenpartner brauchen, sonst werden wir irgendwann komisch." fuhr Diego mit seinem Versuch einer tiefenpsychologischen Kurztherapie fort. „Und neben unseren Partnern ist dann immer noch ganz viel Platz für einen Vierbeiner oder einen Zweibeiner. Das nennt man in der Paartherapie: Die glückliche Dreierbeziehung!"

Ich musste zugeben, dass das irgendwie gar nicht so dumm klang, also spitzte ich die Ohren und versuchte mir alles ganz genau zu merken.

„Happy Wife – Happy Life, mein eifersüchtiger kleiner Freund! Das ist Gesetz Nummer 1 für männliche Zwei- und Vierbeiner!"

Diego schien zu der seltenen Gruppe der Philosophiekatzen zu gehören, von denen ich schon einmal gehört hatte, jedenfalls guckte er gerade genauso eingebildet, wie man es Philosophiekatzen nachsagte.

„Je glücklicher deine Elinor mit ihrem Traummann ist, desto glücklicher will sie dich machen!"

Ich war irritiert. So hatte ich das noch nie gesehen. Ich hätte mir nie vorstellen können, dass es nicht nur für meine Elinor, sondern sogar für mich extrem wichtig sein könnte, dass sie ihren Traummann fand, und dass ich den niemals würde ersetzen können – genauso wie Elinor mir keine der vergangenen und der hoffentlich noch kommenden Katzenladies ersetzen konnte.

Wann war ich eigentlich so egoistisch geworden? Ich gönnte meiner mit allen Fasern meines Katerherzens geliebten Elinor noch nicht mal ein kleines bisschen Glück mit einem Zweibeiner. Ich ging ganz selbstverständlich davon aus, dass Elinor mir meine überaus zahlreichen One-Night-Stands gönnte, während ich bei ihr mit meinen bewährten Vergraultechniken jeden bereits im Ansatz scheitern ließ. Von einer dauerhaften Beziehung mit einem leidenschaftlichen, liebevollen Partner, wie ich sie für mich selbst ja insgeheim eigentlich auch wollte, ganz zu schweigen. Ich schluckte trocken. Diego hieb mir wieder mit der Pfote in den Nacken.

„Entspann' dich, Pussy! Wir machen gewaltige Fortschritte! Die Therapie ist schon halb gewonnen, wenn der Klient Einsicht erlangt hat. Das hat Sigmund mir gesagt, du weißt, der aus Wien!"

Wieder dieser eingebildete Philosophiekatzenblick, aber ich konnte Diego einfach nichts übelnehmen, weil er irgendwie eine herrliche Mischung aus Slumkatze und Psycho-Einstein war.

„Dein Job als Kater ist nicht, alle Männer zu vergraulen, sondern: alle bis auf den Richtigen! Und mit dem werdet ihr Drei dann zu was, mein eifersüchtiger kleiner Freund??"

Er hob die linke Pfote und zog die Augenbrauen hoch, womit er mir wohl signalisieren wollte, dass ich jetzt besser die richtige Antwort gab. Da ich Panik hatte, bei der falschen Antwort durch einen von Diegos Zaubersprüchen vom „Blutigen Bannstrahl der Rache", den ich aus Two-and-a-half-men kannte, vernichtet zu werden, dachte ich rasch aber gründlich nach und murmelte dann zaghaft: „Äh – zu einer glücklichen Dreierbeziehung?"

Ich duckte mich vorsorglich, um dem eventuellen Bannstrahl der Rache vielleicht geschickt ausweichen zu können, aber stattdessen erhielt ich zu meiner riesigen Erleichterung einen anerkennenden Pfotenhieb auf den Kopf. „Yeah, Alter! Du hast es drauf! Ich bin begeistert, wie schnell du lernst!"

Diegos grüne Augen glitzerten vor Begeisterung. Meine vermutlich auch, denn ich war soeben nicht nur der Vernichtung entronnen, sondern hatte außerdem auch noch das Gefühl, dass dieser ungewöhnliche Kater mir zu einem glücklicheren Leben verhelfen konnte, als ich es mir jemals hätte vorstellen können.

„Na, na – nicht gleich größenwahnsinnig werden, mein blauäugiger Kumpel! Ich bin nicht dein Weddingplaner!"

Diego hatte wieder meine Gedanken gelesen und grinste.

„Aber du liegst trotzdem richtig, ich kann dir nämlich zeigen, was bei dir zu Hause los ist, wie du da wieder hinkommst und was du tun musst, damit die Story nicht in einem Frikadellenformer, sondern mit *Und sie lebten glücklich bis ans Ende ihrer Tage* enden wird."

Oh, wie ich diesen frechen, eingebildeten, genialen Katzengeist liebte!

„Lass das schwule Geschwurbel, du Freak!" fauchte Diego, aber dann grinste er so breit, dass ich wusste, dass er mich in Wirklichkeit genauso mochte wie ich ihn.

„Aber jetzt ist erstmal Schlafenszeit, Buddy - du musst Kräfte sammeln für den Heimweg und für die Seifenoper, die dort abgehen soll."

Grinsen schien Diegos Lieblingsbeschäftigung zu sein, er konnte offenbar gar nicht mehr anders. Also grinste ich auch.

„Wir haben dann nur noch eine Nacht, um dich zu Ende zu therapieren und für den Kampf um den Liebes-Oskar vorzubereiten!"

Bei dem Wörtchen *Oskar* richteten sich unwillkürlich meine Nackenhaare auf.

„Nein, nein, halt, Chicco – ich meinte doch nicht Oskar Wurstfinger!" korrigierte sich Diego und schüttelte den Kopf. „Der kriegt noch ordentlich sein Fett weg, das kann ich dir zu deiner Beruhigung jetzt schon flüstern. Aber jetzt verzieh' dich in deine Schnarchkoje, genieße morgen den letzten Tag in Fräulein Antjes Katzenmausoleum und komm dann um Mitternacht wieder in den Flur. Adios, Amigo!"

Und noch bevor ich etwas erwidern konnte, saß Diego plötzlich wieder stocksteif und stumm zwischen den anderen Katzen auf dem Regal und starrte wie sie Löcher in die Luft.

Ich schlich zu meinem Körbchen, wischte mir mit der Pfote das breite Grinsen aus dem Gesicht, rollte mich zusammen und schlief so herrlich wie schon lange nicht mehr.

Kap. 10
Spätvorstellung!

Der nächste Tag schien für mich wie in Zeitlupe zu vergehen, denn das einzige, das ich mit allen Fasern herbeisehnte, war mein mitternächtliches Treffen mit Diego. Ich konnte es kaum erwarten zu erfahren, was er für mich aus seiner Hellseh-Trickkiste hervorkramen würde. Er wollte mir sagen, was zu Hause los war, wie ich da wieder hinkam und wie ich alles zu einem Happyend führen könnte. Diese Aussicht beflügelte mich so, dass ich das verhasste Dosenfutterfrühstück noch schneller als sonst hinunterschlang und sogar mittags noch einen Nachschlag verspeiste, den das erstaunte Fräulein Antje mir gewährte, nachdem ich immer wieder um das Futterschälchen herumgeschlichen war.

„Meine Güte, Schnurribert, heute bist du aber hungrig! Oder magst du vielleicht einfach nur besonders gerne diese neue Sorte", sie nahm die leere Dose vom Tisch und las vom Etikett ab, „Hühnchen mit Leber? Ja, das klingt tatsächlich lecker! Das würde ich auch essen!".

Sie lächelte mich freundlich an, und ich grinste zurück.

„Ich habe auch noch eine Überraschung für dich, Schnurribert! Du musst dich nur noch ein wenig gedulden, aber ich bin sicher, es wird dir wirklich sehr gefallen!"

Ich grinste nur weiter höflich und verzog mich auf mein Thronkissen. Wenn du wüsstest, Fräulein Antje! Diese Überraschung kenne ich, und ich weiß, dass sie mir nicht gefallen würde, aber ich habe sowieso nicht vor, sie entgegenzunehmen. Noch nicht einmal ein Rudel Wölfe würde es schaffen, mich in die Tierarztpraxis zu treiben.

Nach einem ausgiebigen Nickerchen vertrödelte ich die restlichen sich wie ein Gummiband dehnenden Stunden im Garten. Als es gegen Abend klingelte und zwei muskelbepackte junge Männer eine riesige Kiste ins Wohnzimmer trugen, wurde mir dann aber doch etwas mulmig. War das vielleicht die Hochsicherheitstransportkiste für mich, damit ich morgen vor dem Tierarzttermin nicht ausbüxen konnte? Während die beiden Jungs die Kiste öffneten, behielt ich sie in höchster Alarmbereitschaft im Auge, um mich notfalls auf der fast deckenhohen Vitrine vor einem Zugriff in Sicherheit bringen zu können. Aber die beiden Jungs schnappten sich nicht mich, sondern förderten aus der Kiste einen Riesenberg Luftpolsterfolie und schließlich einen großen Fernseher zutage, in die er eingewickelt gewesen war, und stellten ihn auf den Beistelltisch hinter dem Sofa. Das also war Fräulein Antjes Überraschung für mich gewesen - ein Fernseher! Hätte ich nicht vorige Nacht Diego getroffen, wäre ich jetzt vermutlich in einen hysterischen Freudentaumel ausgebrochen, denn ein Fernseher war bis dahin das gewesen, was mir das Überleben hier erträglich gemacht hätte. Aber offen gesagt war mir das so sehnlichst herbeigewünschte gute Stück auf einmal gar nicht mehr wichtig. Das einzig Wichtige war, dass ich bald wieder zu Hause sein und dort alles vorfinden würde, das ich liebte und brauchte – natürlich einschließlich des riesigen Plasma-Fernsehers an der Wand vor meinem Lieblingsplatz.

Fast bekam ich ein schlechtes Gewissen, dass ich Fräulein Antje in Kürze mit ihrer Pappkameradengalerie hier in diesem seltsamen Haus zurücklassen würde. Aber andererseits hatte sie ja nun einen Fernseher und damit jederzeit auf Knopfdruck jede Menge Leben um sich, und sie hätte künftig die Wahl, ob sie sich mit Sherlock Holmes, Charlie Harper, Douglas

Heffernan oder beliebigen anderen Serienhelden vergnügen wollte.

Bei mir überwog nun die Vorfreude auf das Wiedersehen mit meiner geliebten Elinor, meinem Seidenkissen und natürlich meinem Kumpel Eddy. An Oskar verschwendete ich keinen Gedanken mehr, denn laut Diego würde sich dieses Problem ja irgendwie lösen. Offen gestanden hoffte ich heimlich, dass diese Lösung vorsah, dass er in der Hölle auf dem riesigen glühenden Dreizack des Teufels mit der Aufschrift „Oskars Deluxe-Wurstwaren" geröstet würde. Und sollte es in der Hölle einen Frikadellenformer geben, dann war das ganz eindeutig danach der richtige Aufenthaltsort für ihn.

Ich würde mich heute Nacht von Diegos Erkenntnissen überraschen lassen, und das Beste war, dass ich mich bis dahin weder langweilte noch wie vorher ungeduldig die Minuten zählte. Denn Fräulein Antje war zu meinem Entzücken sogleich für ihre neue technische Errungenschaft entflammt und startete sofort einen ausgiebigen Fernsehabend mit Agatha Christie, den wir beide sehr genossen, bis uns fast die Augen zufielen. Kurz vor Mitternacht ging sie schließlich zu Bett und ich in mein Körbchen, und nachdem alle Lichter gelöscht und es im Haus bis auf Fräuleins Antjes leise Schnarcher still geworden war, stand plötzlich wie herbeigebeamt Diego vor mir. „Mach mal etwas Platz, Alter," flüsterte er, „ich will es mir auch ein bisschen gemütlich machen, den ganzen Tag stocksteif auf dem harten Regal zu hocken, ist echt kein Vergnügen!"

Ich rückte ein wenig auf die Seite.

„Oh ja, das ist wirklich besser, Kumpel!"

Diego räkelte sich genüsslich neben mir im Körbchen und schnurrte behaglich. Dann schaute er mir direkt in die Augen.

„Zuerst eine kleine Testrunde. Was hatte ich dir gestern als Gesetz Nummer 1 für alle männlichen Zwei- und Vierbeiner genannt?"

Ich überlegte angestrengt. Die glückliche Dreierbeziehung war es nicht, diesen Test hatte ich ja gestern schon bestanden. Zum Glück fiel es mir gerade noch rechtzeitig ein, bevor ich wieder den Blutigen Bannstrahl der Rache fürchten musste.

„Happy Wife – Happy Life!?"

Ich duckte mich trotzdem vorsorglich ein bisschen, falls die Antwort doch nicht ganz korrekt gewesen sein sollte. Aber ich erntete wieder nur einen begeisterten Pfotenhieb.

„Yeah, ich bin stolz auf dich, du süßer kleiner Mistkerl! Du und ihr Traummann, ihr werdet deine Elinor so was von glücklich machen, kann ich dir sagen! Und das heißt dann - was?" er beugte sich verschwörerisch zu mir herüber.

„Äh, dass sie dann dafür mich so was von glücklich machen wird?" antwortete ich und rüstete mich für den nächsten Pfotenhieb. Der blieb zwar aus, aber ich wurde überschwänglich gelobt, weil auch diese Antwort korrekt gewesen war.

„So, Testphase beendet und mit Auszeichnung bestanden! Dann kommen wir jetzt zur Praxis."

Diego grinste mich an, dann drehte er wie Chucky die Mörderpuppe so, als hätte er ein Gewinde im Hals, langsam den Kopf zur gegenüberliegenden Wand.

„Und jetzt schau genau hin, Catmandu!" flüsterte er, und seine sowieso schon leuchtendgrünen Augen begannen zu strahlen wie Halogenscheinwerfer. Mir entfuhr ein kurzer Maunzer, als sich an der Wand zuerst nur nebelhafte Schemen, aber dann immer deutlicher eine bewegte Szene abzuzeichnen begann, bis die Figuren darin schließlich sogar in 3D erschienen, als könnte ich einfach meine Pfote ausstrecken und sie anfassen. Da war meine Elinor, sie stand neben Wurstfinger-Oskar in der Eingangstür und weinte.

„Ich lasse dich jetzt sehen, was bei dir zu Hause seit der Rückkehr der zwei Turteltäubchen aus Paris passiert ist."

Diegos Augen warfen weiter wie ein Filmprojektor lebende Bilder auf die Wand vor uns, und ich kam mir fast vor wie im Kino. Vor Aufregung verspürte ich ein ganz dringendes Bedürfnis und richtete mich für einen kurzen Abstecher aufs Katzenklo auf. Aber Diego las natürlich meine Gedanken und gab mir mit der Pfote einen Seitenhieb, der diesmal leider nicht so sanft war.

„Verkneif dir das gefälligst, du Pussy! Ich müsste auch dringend, aber wenn meine Konzentration auch nur zwei Minuten nachlässt, ist es ganz vorbei mit der gratis Filmvorstellung!"

Das wollte ich natürlich auf gar keinen Fall riskieren, lieber würde ich notfalls dieses Katzenkörbchen befeuchten, denn ich würde ja sowieso nur noch einige Stunden darin verbringen. Ich riss mich also zusammen und starrte weiter wie gebannt auf die Wand und auf die Szene, die sich dort abspielte.

„Ab jetzt bist du muckskätzchenstill, bis ich den Film stoppe! Schau hin und hör gut zu! Und piss' mich bloß nicht an, Alter!" befahl Diego und holte tief Luft, während er den Lichtstrahl aus seinen Augen weiter auf die Wand richtete. Ich zuckte zusammen, denn als hätte er soeben auch noch einen versteckten Lautsprecher eingeschaltet, konnte ich plötzlich sogar hören, was gesprochen wurde. Ich hätte mir am liebsten wieder mit der Pfote aufs rechte Ohr gehauen, um mich zu vergewissern, dass ich das alles nicht nur träumte. Aber da war immer noch der Respekt vor dem Blutigen Bannstrahl der Rache, deshalb verharrte ich völlig bewegungslos wie Diego, und beschloss, erst wieder einen Ton von mir zu geben, wenn er mir das erlaubte.

Dann spürte ich so etwas wie einen sich immer schneller drehenden Wirbel, der mich unaufhaltsam immer tiefer einsog, und schließlich nahm ich nichts mehr wahr außer den Szenen, die sich in Farbe und in 3D vor mir abspielten.

Elinor schüttelte ungläubig den Kopf. „Aber Oskar, das kann doch nicht sein! Erst verschwindet in Paris dein kostbarer Verlobungsring, und nun auch noch dieser Horror! Warum hätte Catmandu weglaufen sollen? Ich habe ihm doch gesagt, dass wir ihn wieder abholen!"

Sie hatte das scheußliche Ding an sich gepresst, in dem sich angeblich meine sterblichen Überreste befanden, und weinte.

„Schatz, mach dir wegen des Rings keine Sorgen! Ich besorge dir einfach einen neuen!"

Ja, klar, du Widerling – du ziehst einfach wieder einen aus dem nächsten Kaugummiautomaten! Ich wäre Oskar am liebsten an die Gurgel gesprungen.

„Schatz, du weißt doch, wie eigensinnig Katzen sind!"

Er tätschelte ihr scheinbar mitfühlend die Wange, während er in Wirklichkeit heimlich über ihre Schulter auf den üppig gedeckten Tisch mit allerhand Leckereien spähte, die Elinor wohl gerade erst für sie beide zubereitet hatte.

„Und Catmandu war ja wohl auch eine sehr spezielle Katze! Er mochte mich nicht, und er hat mich sogar immer wieder richtig schlimm gekratzt, ich hatte es dir nur nicht sagen wollen. Schau nur, hier!" er zog den Ärmel hoch und präsentierte Elinor einige angeblich von mir zugefügte üble rote Kratzer. Dass sie von den langen Fingernägeln einer leidenschaftlichen Französin stammten, mit der er sich in Paris heimlich vergnügt hatte, als Elinor sich eine Wellnessbehandlung gönnte, sollte sich gleich noch herausstellen.

Elinor starrte ungläubig auf die Striemen und schüttelte traurig den Kopf. „Aber ich verstehe das nicht! Catmandu war der liebste und beste Kater, den man sich nur vorstellen kann. Ich ertrage das nicht, ihn nie mehr auf seinem Lieblingsseidenkissen auf der Couch sitzen zu sehen!"

Elinor wischte sich die Tränen ab, stellte das hässliche Ding auf den Couchtisch und fiel Oskar um den Hals.

„Wie gut, dass ich dich an meiner Seite habe, Oskar. Alleine würde ich das jetzt nicht durchstehen!"

Sie schniefte wieder herzzerreißend. Ich wäre am liebsten mitten in die Szene gesprungen und hätte an diesem scheinheiligen Betrüger meine Krallen ausprobiert, bis Blut floss.

„Ja, Schätzchen, ich weiß. Ich werde dir helfen, über diesen schweren Verlust hinwegzukommen. Wir müssen uns jetzt daran festhalten, wie wunderbar es in Paris war!"

Er spähte wieder heimlich gierig nach dem gedeckten Tisch, und man konnte deutlich sehen, dass seine Fressgier sein Mitgefühl für Elinor bei Weitem überwog.

„Am besten stärken wir uns jetzt erstmal nach der langen Fahrt, und morgen sieht die Welt dann schon wieder viel besser aus!"

Und bevor Elinor noch etwas erwidern konnte, löste Oskar ihre Arme von seinem Hals, schob sie zum Tisch und drückte sie auf einen der Stühle. Dann ließ er sich ihr gegenüber auf den anderen Stuhl fallen, schnappte sich das Besteck und schaufelte wie ein Verhungernder in sich hinein, was er auf die Gabel laden konnte. Elinor saß ihm wie ein Häufchen Elend gegenüber und stocherte lustlos in ihrem Essen herum. Wie gerne wäre ich jetzt bei ihr gewesen und hätte sie getröstet. Besser gesagt: ihr bewiesen, dass ich weder weggelaufen noch tot noch meine Überreste in diesem albernen Blumentopf voll Sand und Zigarettenasche waren. Dummerweise hatte ich im Moment leider nur die Rolle eines zur Handlungsunfähigkeit verdammten Beobachters, aber ich vertraute auf Diegos Hellsehkünste, der mir meine Heimkehr und ein *Und sie lebten glücklich bis ans Ende ihrer Tage!* prophezeit hatte.

Gerade als Oskar sich die letzte Ladung Bratkartoffeln in den Mund geschaufelt hatte, klingelte es. Fast wäre ich wie üblich automatisch aus meinem Körbchen aufgesprungen, aber im letzten Moment fiel mir ein, dass ich ja gar nicht zu Hause war und außerdem Diegos Konzentration auf keinen Fall unterbrechen durfte. Also riss ich mich zusammen und starrte nur gespannt auf die Szenen auf der Wand.

„Das kann ja nur für dich sein, Schatz. Ich brauche jetzt erst mal eine heiße Dusche nach der anstrengenden Fahrt!" Während Elinor zur Tür ging, warf Oskar seine Klamotten von sich, dabei fiel ihm unbemerkt das Handy aus der Hosentasche und unter die Couch. Dann verdrückte er sich ins Bad. Gleich darauf erklangen aus dem Flur zwei aufgeregte Frauenstimmen, die eine davon gehörte Elinor, die andere kam mir irgendwie bekannt vor, aber ich konnte sie nicht eindeutig zuordnen. Erst als die Frau nach einigen Minuten zusammen mit Elinor das Wohnzimmer betrat, war mir schlagartig klar, woher ich sie kannte. Sie trug einen fleckigen grauen Kittel mit der Aufschrift „Pension Katzenglück". Und in der Hand zwei 500-Euro-Scheine, die sie Elinor hinhielt, als seien es glühende Kohlen.

„Es tut mir ja so leid, bitte verzeihen Sie mir!"

Die Frau unterdrückte mühsam die Tränen.

„Ich habe das Geld eigentlich so dringend brauchen können, die Tiere fressen mir förmlich die Haare vom Kopf! Aber für so etwas – nein!"

Sie nahm Elinors Hand und drückte die beiden Geldscheine hinein.

„Es war alles so, wie ich es Ihnen gerade erzählt habe. Ihr Katerchen war niemals bei mir in der Pension, Ihr Verlobter wollte, dass Sie glauben, es sei tot. Und wo es jetzt ist, weiß ich leider nicht."

Die Frau zuckte bedauernd die Schultern. In diesem Moment kam Oskar aus dem Bad. Er hatte sich nur ein kleines Handtuch um die Hüften geschlungen, das er vorne mit einer Hand zusammenhielt. Als er die Pensionswirtin sah, erschrak er so, dass ihm das Handtuch aus der Hand fiel und den Blick auf etwas freigab, das besser im Dunkel der Handtuchfalten versteckt geblieben wäre. Jeder Kater würde sich in Grund und Boden schämen, wenn er so mickrig ausgestattet wäre. Ich jedenfalls hätte mich fast vor Lachen am Boden gewälzt, aber ich hielt mich an Diegos strengen Befehl, mich muckskätzchenstill zu verhalten. Ich fragte mich, wie Oskar Elinor mit dieser Miniversion einer männlichen Grundausstattung beglücken konnte. Aber vielleicht war ich da als Kater in Bezug auf Zweibeiner auch einfach nur nicht richtig informiert.

„Ich habe Ihrer Verlobten alles erzählt, und ich habe ihr das Geld gegeben, mit dem Sie meine Notlage ausnutzen und mich bestechen wollten."

Sie warf Oskar einen wütenden Blick zu und schnaubte verächtlich.

„Lassen Sie sich nie mehr bei mir blicken, Sie böser Mensch!" Damit drehte sie sich auf dem Absatz um und stürmte hinaus.

„Äh, was…" stotterte Oskar hilflos und bastelte vermutlich im Geist hastig eine rührselige Verteidigungsrede zusammen, auf die meine Elinor dann wegen ihrer Gutgläubigkeit vermutlich auch hereingefallen wäre. Aber genau in dem Moment klingelte Oskars Handy, das von ihm unbemerkt unter die Couch gerutscht war. Er stürzte zu seiner Hose und kramte hastig erfolglos in deren Taschen herum, aber nach dem zweiten Klingeln sprang schon die Mailbox an, die er offensichtlich auf Mithörfunktion geschaltet hatte. „Cherie, wo bist du? Warum ast du misch noch nischt angerufen?" hörte man eine sogar für Kater sehr sexy klingende Frauenstimme mit französischem Akzent. Elinor runzelte die Stirn, Oskars Blick wanderte auf der Suche nach dem Handy panisch durch die Wohnung. „Isch verrrmisse disch so, Cherie! Und isch kann an nix anderes mehr denken als an unsere Sex vorrrgestern im Otel in Paris und isch gucke immer die wunderbare Brillantring an, den du mir geschenkt ast!" Elinor starrte Oskar fassungslos an. „Oh Cherie…" Die Stimme seufzte lustvoll und sehnsüchtig. „Isch offe, isch abe disch nischt zu sehr an die Arme gekratzt mit meine rote Fingernägel! Bitte, bitte ruf misch an!".

Oskar stand nackt und wie ein begossener Pudel mitten im Wohnzimmer. Da gab es ja wohl nichts mehr zu sagen – zuerst die Frau von der Katzenpension, jetzt die Frau aus Paris. Alle Lügen und aller Betrug aufgedeckt. Elinor schüttelte nur fassungslos und angewidert den Kopf. Dann hob sie seine Klamotten vom Boden auf, öffnete die Tür zum Flur und warf sie die Treppe hinunter.

„Und jetzt verschwinde! Und lass dich nie wieder bei mir blicken!"

Sie schubste ihn nackt wie er war aus der Wohnungstür, schleuderte seinen Koffer hinterher, und schlug die Tür krachend hinter ihm zu. Dann angelte sie das Handy unter der Couch hervor und warf es aus dem Fenster. Man hörte Oskar aus dem Flur noch irgendwelche Entschuldigungs- und Liebesschwüre durch die Tür jammern, aber Elinor saß mit versteinerter Miene auf der Couch und hatte die Hände über die Ohren gelegt. Dann drehte sie den Kopf, schaute mit unendlich traurigem Blick auf mein verlassenes Lieblingsseidenkissen und begann bitterlich zu weinen.

Mir blieb vor Kummer fast das Herz stehen.

„So – das war's mit der kostenlosen Kinovorstellung! Und beruhige dich, Elinor wird spätestens dann wieder lachen, wenn sie deinen verweichlichten Balg die Treppe heraufschleichen sieht."

Die Lichtstrahlen aus Diegos Augen erloschen, als hätte man einen Filmprojektor abgestellt, und alle Bilder verschwanden - die Wand war wieder einfach nur eine gewöhnliche Wand. Er drehte den Kopf und schaute mich an.

„Du weißt jetzt also, dass es zu Hause keinen Oskar mehr gibt, was dich ja sehr beruhigen dürfte, mein Freund."

Ich nickte hoch erfreut.

„Du weißt aber hoffentlich aus unserer Therapiesitzung jetzt auch, dass es nicht darum geht, dass du künftig alle eventuellen weiteren Oskars, Peters oder Martins vergraulst, die noch in Elinors Sichtfeld auftauchen könnten, sondern es geht worum?" Diego machte wieder eine seiner Quizfragenpausen, in denen er mich streng anstarrte und ich seinen Satz vervollständigen sollte. Der drohende Blutige Bannstrahl der Rache schüchterte mich immer noch genügend ein, um um jeden Preis die richtige Antwort finden zu wollen.

„Äh, alle zu vergraulen, bis auf den Richtigen?!"

Aus Diegos breitem Grinsen konnte ich erleichtert schließen, dass ich die richtige Antwort gegeben hatte.

„Sehr gut, Kumpel! Wie lauten nun also die wichtigen Erkenntnisse, mit denen ich dich morgen nach Hause und in eine glückliche Zukunft entlassen werde?"

Er sah mich mit hochgezogenen Augenbrauen erwartungsvoll an. Ich wusste, dass ich nun alles richtig wiedergeben würde, was er mich gelehrt hatte.

„Happy Wife – Happy Life. Also, dass ich umso glücklicher werde, je glücklicher Elinor mit einem Zweibeiner ist, ich ihr also einfach nur helfen muss, den Richtigen zu finden – für die Glückliche Dreierbeziehung!"

Schon während ich das sagte, spürte ich, wie sich ein kleines warmes Glücksgefühl in mir auszubreiten begann.

„Therapie erfolgreich abgeschlossen, mein kleiner Freund!"

Ich konnte Diego die Begeisterung ansehen, und um sie auch aus seiner Sicht angemessen auszudrücken, zog er mir wieder mit der Pfote ziemlich kräftig eins über, so dass ich zusammenzuckte.

„Was bist du nur für eine Pussy, Catmandu! Das war ein sanfter Windhauch gegen das, was in meiner Straßengang an Respektbezeugungen üblich war. Da konntest du froh sein, wenn dir nicht eins mit der Kalaschnikow oder dem Machetengriff übergezogen wurde! Schau, hier," er senkte den Kopf, und ich konnte eine recht große Beule erkennen, die mir vorher gar nicht aufgefallen war, „wenn du nicht mindestens so ein Ding vorweisen konntest, warst du die Muschi, die Pussy, der Loser."

Meine Erleichterung und Dankbarkeit darüber, nicht in einer brasilianischen Straßengang, sondern in Berlin bei Elinor im trauten Heim aufgewachsen zu sein, wuchs immer mehr.

„Genau, Kumpel – langsam kommst du in die richtige Stimmung, um alles zu schätzen, was du bei deiner Elinor hattest, und um zu Hause endlich alles richtig zu machen." Diego grinste. „Was ich dir jetzt gezeigt habe, war ihre Heimkehr aus Paris. Oskar ist weg, Elinor ist allein und versucht seither herauszufinden, wo du bist, denn sie ist sich ganz sicher, dass du noch lebst."

Das beruhigte mich, denn sonst hätte sie vermutlich Tag für Tag den Kundinnen im Friseursalon in die Locken geweint und abends schluchzend vor dem Fernseher gesessen.

„Kommen wir nun aber noch zu Teil zwei unserer heutigen Sitzung, nämlich zu deiner Heimreise und zu Elinors Traummann."

Aber noch bevor Diego loslegen konnte, sprang ich mit einem Riesensatz aus dem Körbchen in Richtung Katzenklo, um das zu erledigen, was ich die ganze Zeit tapfer unterdrückt hatte, um keine wichtige Szene zu versäumen. Als ich in jeder Hinsicht erleichtert zurückkam, grinste Diego mich an.

„War dein Glück, Alter, dass du dich nicht hier ins Körbchen erleichtert hast! Das wird ab morgen nämlich wieder meine nächtliche Koje."

Er machte mir wieder Platz, und dann legte er los.

„Morgen früh wirst du mit Fräulein Antje schön brav zum Tierdoktor gehen und dich entkrallen und entmannen lassen." Ich zuckte schockiert zusammen. War dieser Katzengeist etwa von allen guten Geistern verlassen? Aber Diegos heiseres Lachen zeigte mir, dass er nur mal wieder mein Blut ein bisschen in Wallung bringen wollte.

„Du machst es einem aber auch leicht, Catmandu! Denkst du im Ernst, ich würde zulassen, dass auch nur irgendeinem Kater, den ich kenne, die Glocken abgeschnitten werden?"

Er schüttelte missbilligend den Kopf.

„Entspann' dich mal ein bisschen, Alter. Du lässt dich viel zu leicht aus der Bahn werfen!"

Er hatte natürlich Recht. Aber wenn man mit der Erfahrung lebt, um ein Haar in einem Frikadellenformer und mit Gewürzen verknetet auf irgendeinem Pappteller gelandet zu sein, ist man durchaus etwas dünnhäutiger als davor.

„Ich weiß, mein Freund, ich weiß. Aber das wirst du schnell vergessen haben, denn schon bald sitzt du wieder auf deinem Lieblingsseidenkissen in Elinors Wohnzimmer."

Diego hatte natürlich wieder meine Gedanken gelesen, aber ich war froh, dass er Verständnis für mich hatte.

„Also der Teil mit dem Tierarztbesuch stimmt allerdings. Nur dass dir dort natürlich nichts passieren wird, denn du wirst den richtigen Moment nutzen, um dich davonzumachen. Den und wie es dann weitergeht musst du allerdings selbst herausfinden – das Ganze soll ja auch noch ein bisschen spannend bleiben für dich! Hin und wieder ein kleiner Adrenalinstoß und etwas Angstschweiß haben noch niemandem geschadet." Diego grinste wieder so breit, dass man fast alle Zähne sehen konnte.

„Nur so viel, und ich erkläre das auch nicht näher: Schau auf den Vogel! Danach wird alles wie von selbst laufen, versprochen!".

Offen gestanden hatte ich ja gehofft, dass er mir meine Flucht in allen wichtigen Details schildern würde, so dass ich sicher sein konnte, dass auch wirklich nichts schiefginge.

„L-a-n-g-w-e-i-l-i-g!" Er ahmte Sherlock Holmes nach, der in seinem Zimmer aus Langeweile Löcher in die Wand schoss.

„Du brauchst ein bisschen Action, mein übervorsichtiger kleiner Freund! Ich hatte in meiner Gang vermutlich jeden einzelnen Tag mehr Action als du in einem ganzen Jahr!"

Ich seufzte. Es war klar, dass ich erst wieder erleichtert aufatmen konnte, wenn Elinors Wohnungstür hinter mir geschlossen wurde. Aber eigentlich wusste ich ja trotz allem, dass ich es nach Hause schaffen würde, so viel hatte Diego mir ja bereits verraten. Also hob ich entschlossen den Kopf, atmete tief ein, und schaute ihm direkt in die die grün leuchtenden Augen.

„Ich werde es schaffen, und ich werde rücksichtslos meine Krallen und Zähne einsetzen, wenn es notwendig ist! Yeah!"

Bereits als ich das ausgesprochen hatte, fühlte ich mich wie Disneys Aristocats, die wie ich zurück nach Hause wollten und das natürlich auch schafften.

„Und was kannst du mir sonst noch alles sagen, Diego? Wie kann ich Elinor zu ihrem Traummann verhelfen – für eine glückliche Dreierbeziehung?"

Ja, ich war durchaus lernfähig, und ich hatte alles in meinem Kopf und in meinem Herzen, was Diego mir mit dem gefürchteten Blutigen Bannstrahl der Rache im Nacken eingebläut hatte. Während ich noch vor Kurzem davon besessen gewesen war, jeden nur in Elinors Umkreis auftauchenden Schürzenjäger aus dem Feld zu schlagen, konnte ich es nun kaum abwarten, meine Elinor wiederzusehen, und den Zweibeiner kennenzulernen, der uns glücklich machen würde.

„Keine Sorge, du wirst ihren Doug schon bald kennenlernen, und du wirst natürlich auch niemals wegen einer Katzenallergie in einem Tierheim landen, aber mehr verrate ich nicht! Alles wird gut, keep cool, Amigo!"

Diego räkelte sich genüsslich, dann richtete er sich auf.

„Und nun heißt es Abschied nehmen, mein beneidenswert lebendiger kleiner Freund!"

Er schaute mir tief in die Augen, und ich glaubte, eine winzige Spur Traurigkeit darin glühen zu sehen.

„Ja, stimmt, ich bin ein bisschen traurig, Catmandu. Bevor du gekommen bist, bin ich hier Nacht für Nacht alleine durch die Wohnung geschlichen, denn meine Kumpels da draußen auf dem Regal sind leider nicht nur tagsüber, sondern auch nachts stocksteif und still. Aus irgendeinem Grund werde nur ich nachts fast so lebendig wie vor meinem Tod." Er seufzte. „Die zwei Nächte mit dir waren echt das absolute Highlight meines Katzenkarmas, und wenn du dich jetzt davonmachst, wird es hier wieder verdammt langweilig werden."

Diego tat mir leid. Ich mochte ihn wirklich, aber ich konnte mich beim besten Willen nicht dazu entscheiden, mein restliches Leben entweder lebendig in Fräulein Antjes Fängen oder aber mit einer selbst getroffenen Entscheidung, wie er tot und dann stocksteif zwischen den anderen Katzen auf dem Regal im Flur zu verbringen. Und außerdem war ja noch nicht einmal klar, ob ich auch so eine Ausnahmeerscheinung werden und dann nachts auch so lebendig wie er werden oder vermutlich eher doch wie die anderen auch nachts einfach nur Löcher in die Luft starren würde.

„Lass gut sein, Kumpel! Ich werde ganz bestimmt noch eine Weile von unseren nächtlichen Sitzungen zehren. Und irgendwann wird mein Katzenkarma ja auch aufgebraucht sein, und dann nichts wie ab ins Katzenparadies zu all den wilden Mädels! Ole!"

Diego lachte heiser. Und dann sah er plötzlich aus, als habe er soeben eine geniale Eingebung.

„Aber he, Amigo, weißt du was? Bis dahin habe ich ja ab sofort mein eigenes wunderbares kleines Kino in diesem Katzenmausoleum! Ich werde mir nämlich einfach immer so wie wir es heute gemacht haben, auf dieser Wand anschauen, was bei dir gerade so los ist!"

Er atmete plötzlich sehr erleichtert auf, und ich ebenso. Ich hatte nun meinen eigenen persönlichen Katzengeist, der mich zwar nicht besuchen, aber wenn er wollte nachts jederzeit sehen konnte, was ich so treibe. Und weil ich das wusste, konnte ich ihm sogar hin und wieder einen direkten Gruß auf die Leinwand schicken. Das würde ganz sicher jede Menge Spaß und Spannung in sein einsames nächtliches Geisterleben bringen, auch wenn der Gedanke, jederzeit unbemerkt beobachtet werden zu können, etwas gewöhnungsbedürftig war. Aber Diego hatte mir geholfen, und nun half ich ihm. Ich schaute tagsüber Fernsehen und schlief nachts – er schlief tagsüber und schaute nachts auf seine Kinoleinwand. Da gab es doch keinen großen Unterschied. Irgendwie waren wir plötzlich beide ziemlich fröhlich.

„Weißt du was, Diego – ich werde dir immer wieder mal um Mitternacht zuwinken, auch wenn ich dich nicht sehen kann. Hauptsache, du siehst es!"

Diego nickte anerkennend.

„Und damit das klar ist: Ich erwarte dich gleich morgen um Mitternacht winkend auf der Leinwand, Freundchen! Und bleib anständig, Alter - ich sehe alles!"

Diego grinste mich verschwörerisch an.

„Adios, adios, mein Freund!" Er hob die rechte Pfote und winkte mir zu, aber bevor ich noch etwas sagen konnte, war er ganz einfach verschwunden.

Adios, Diego - ich werde dich niemals vergessen!

Kap. 11
Schau auf den Vogel!

Ich hatte wieder herrlich geschlafen, nach dem Aufwachen und einem sehr reichhaltigen Dosenfutterfrühstück, das ich vorsorglich zu mir genommen hatte, wurde ich langsam etwas aufgeregt. Heute war mein Tag – heute würde ich dieses Katzenmausoleum, Katzenpullöverchen, Flohpuder und Fräulein Antje hinter mir lassen und meine Heimreise antreten. Mein Plan war, mich davonzumachen, sobald ich in der Tierarztpraxis aus der Transportbox geholt worden war. Das durfte ja nicht allzu schwer sein, eine geschmeidige Katze wie ich konnte sich mühelos selbst durch ein lediglich eingeklapptes Fenster zwängen, und ich war sicher, dass es in einer Tierarztpraxis jede Menge eingeklappte Fenster gab, um der gewöhnungsbedürftigen Duftmarke so mancher Vierbeiner etwas frische Luft entgegenzusetzen. Trotz der Aufregung breitete sich ein wohliges kleines Glücksgefühl in mir aus. Nur noch ein paar Stunden, dann war ich zu Hause – auch wenn ich noch nicht genau wusste, wie. Aber ich vertraute einfach auf das, was Diego mir gesagt hatte: „Alles wird wie von selbst laufen!".

Als Fräulein Antje und ich bald darauf das Haus verließen, ich in einer Katzentransportbox, sie ganz in Lavendelblau mit weitem Mantel und Hut, lugte ich im Flur durch das Gitter des Katzentransportbox noch einmal zu Diego hoch, der wie immer tagsüber stocksteif und mit leerem Blick auf dem Regal saß. Eine Sekunde lang hätte ich schwören können, er hätte mir zugezwinkert, aber vermutlich war das nur mein

Wunschdenken, denn ich vermisste diesen wunderbaren frechen Kater schon jetzt. Und ich würde ihm um Mitternacht von wo auch immer aus so kräftig zuwinken wie ich nur konnte, und zwar im Vollbesitz meiner Krallen und meiner „Glocken", wie Diego es nannte.

Kurz darauf kamen wir in der Tierarztpraxis an, und ich erlebte die erste Enttäuschung. Durch die Gitter der Transportbox konnte ich zwar schon von draußen sehen, dass die Praxis jede Menge Fenster hatte, aber alle waren geschlossen. Vielleicht hatten schon zu viele entkrallungsunwillige Katzen diesen Weg in die Freiheit gesucht, aber jedenfalls wurde mein vermeintlich genialer Fluchtplan damit erstmal lahmgelegt. Ich würde mich nun wohl voll auf die Türen konzentrieren müssen, um in einem günstigen Moment wie ein Blitz davon zu sausen. Aber irgendwie kam mir auch dieser Plan dann doch etwas naiv vor, als Fräulein Antje mit mir in der Box die Praxis betrat, denn man musste durch insgesamt drei Türen. Ich musste zugeben, dass ich nicht gerade der Meister in perfekter Fluchtplanung war. Aber da gab es doch einen wahren Meister – Sherlock Holmes! Ich hatte mit Elinor alle Folgen mit Benedict Cumberbatch mehrfach sozusagen vorwärts und rückwärts gesehen und ehrfürchtig bestaunt, wie er sich mit unfassbarer Geschicklichkeit aus jeder noch so vermeintlich aussichtslosen Lage befreien konnte. Sollte da nicht auch etwas Verwertbares für mich dabei sein? Ich spulte im Geist alle entsprechenden Szenen blitzschnell ab – aber es war einfach keine dabei, die zeigte, wie ein verzweifelter Kater sich aus den Fängen einer offensichtlich wie ein Hochsicherheitstrakt verbarrikadierten Tierarztpraxis befreien konnte. Mir blieb also letztlich doch nur mein naiver Durch-die-Tür-Fluchtplan. Ich musste letztlich darauf vertrauen, dass Diegos Hellsehkünste ihn nicht im Stich gelassen hatten. Aber ich sagte mir, wer mit seinen Augen lebensechte 3-D-Szenen auf leere Wände zaubern konnte, der war ganz sicher auch in dieser Hinsicht zuverlässig.

Fräulein Antje wurde von einer Helferin direkt in das Behandlungszimmer geleitet, wo sie endlich das Türchen der Transportbox öffnete.

„Komm, Schnurribert, sag' dem lieben Herrn Doktor brav Guten Tag!" flötete sie, obwohl Gott sei Dank weit und breit noch kein Herr Doktor zu sehen war.

Ich schlich aus der Box und peilte erstmal vorsichtig die Lage. Neben mir auf dem Behandlungstisch lag ein großes Tablett mit allerhand Furcht erregend aussehenden Instrumenten. Fräulein Antje sah meinen vermutlich nicht sehr begeisterten Blick.

„Keine Sorge, Schnurribert! Damit schneidet der Herr Doktor nur seine Wurstbrote!" log sie, ohne rot zu werden. Könnten Katzen rot werden, wäre ich es jetzt geworden, aber vor Zorn, denn ganz offenbar hielt sie mich für geistig unterentwickelt. Welche Katze würde beim Anblick solcher Folterinstrumente nicht sofort wissen, dass sie nicht dem Zerteilen der Frühstücksschnittchen des Doktors, sondern der edelsten Teile von Vierbeinern dienten? Ich beschloss aber, ruhig zu bleiben und die Lage weiter zu sondieren. Die Tür lag genau gegenüber dem Behandlungstisch und ließ sich sicherlich mit einem gewagten Sprung einigermaßen verletzungsfrei erreichen. Wie es danach weitergehen würde, wusste ich zwar noch nicht, aber ich redete mir ein, dass sich das schon zeigen würde. Dann fiel mir ein, was Diego gesagt hatte: „Schau auf den Vogel!". Ich sah mich im Zimmer um. An den Wänden hingen jede Menge Fotos von Hunden und Katzen, sogar von einer Kuh und einem Nilpferd, aber nirgendwo war auch nur der kleinste Piepmatz zu sehen. Was hatte Diego mir nur sagen wollen? Mir blieb keine Zeit, weiter darüber nachzudenken, denn genau in diesem Moment öffnete sich die Tür, und der weiße Riese, der hereinkam, hatte die vermutlich weltgrößte Entkrallungszange in der Hand, die es gab. Und in der anderen die weltgrößte Spritze. Aber bevor ich noch zum Sprung ansetzen konnte, hatte sich die Tür bereits hinter ihm geschlossen. Jetzt war es also soweit. Ich saß in der Falle.

Ich schluckte.

„Na, was haben wir denn da für einen ungewöhnlich schönen Kater? Hallo, mein Freund!"

Der Tierarzt, der schnell die Hände mit der Zange hinter dem Rücken verbarg, war genauso ein scheinheiliger Geselle wie Fräulein Antje, die wie Stephen Kings Annie seltsam tückisch lächelnd neben ihm stand. Erstens sah ich zurzeit mit meinem mattgepuderten und kraftlos herunterhängenden Fell vermutlich eher aus wie eine missglückte Version des ungewöhnlich schönen Katers, der ich tatsächlich einmal war. Und zweitens tat er so, als ob ich nicht längst hätte sehen können, womit er mich gleich traktieren wollte. Vielleicht würde Diego mir ja in dieser absoluten Notlage helfen? Aber meine Hoffnung auf eine Art Geisterstimme aus dem Off, die mir eine geniale Lösung zuflüstern würde, erfüllte sich nicht. Der weiße Riese kam näher und zeigte mit einem falschen Lächeln seine Zähne, die so groß wie die von Don Camillo und offensichtlich so häufig gebleicht worden waren, dass sie vermutlich im Dunkeln leuchteten. Dann beugte er sich zu mir herunter, als wolle er mich streicheln, während er vermutlich hinter seinem Rücken sozusagen schon die Messer wetzte. „Schau auf den Vogel!" hörte ich da plötzlich Diegos heisere Stimme neben meinem linken Ohr. Ich sah mich blitzschnell im Raum um, aber da waren weder Diego noch irgendein mit Federn und Schnabel ausgestattetes Kleintier zu sehen. Welcher Vogel denn, Diego? Da ist kein verdammter Vogel! Ich hatte langsam die Schnauze voll. Was hatte ich mir nur dabei gedacht, einem Kater zu vertrauen, der tagsüber stocksteif auf einem Regal saß und nachts als gruseliger Geist seine Artgenossen erschreckte und ihnen Münchhausengeschichten über durchschwommene Ozeane auftischte? Jetzt saß ich hier zwischen der gestörten Hauptfigur aus *Misery* und ihrem grinsenden Folterknecht und würde dieses Haus vermutlich nur ohne meine Verteidigungswerkzeuge wieder verlassen. Diego, du erbärmlicher Verräter, deinetwegen sitze ich jetzt in der Falle! Ich hoffe, dich trifft jetzt in diesem Moment der berüchtigte Blutige Bannstrahl der Rache!

In Erwartung des Einsatzes der riesigen Spritze entfuhr mir ein kläglicher Maunzer, den aber Gott sei Dank niemand hören konnte. Denn genau in diesem Moment stürmte die Helferin mit einem Zettel in der Hand herein, den sie dem Tierarzt mit fragendem Blick hinhielt, während sie mit einem Fuß die Tür weit offenhielt. Ich hörte wieder Diegos heiseres „Schau auf den Vogel!". Und dann verstand ich es endlich.

Alle Türen waren offen, und am Ausgang stand eine Frau, die gerade erfolglos versuchte, einen riesigen Käfig durch die Tür zu bugsieren. In dem Käfig hockte ein großer bunter Papagei, der pausenlos auf sie einzeterte. Ehe ich noch darüber nachdenken konnte, was jetzt zu tun wäre, war ich bereits mit einem katzenolympiadereifen Sprung vom Behandlungstisch herunter und blitzartig auf den Ausgang zugestürmt. Die arme Frau hielt panisch den Käfig hoch in die Luft, weil sie offenbar vermutete, ich hätte Appetit auf ihren gefiederten Liebling. Aber mit diesem knochigen Exemplar hätte ich noch nicht mal eine Zahnlücke füllen können, soviel konnte ich sogar während ich an den beiden vorbeiraste erkennen.

Ich sauste zwischen ihren Beinen hindurch in die Freiheit, während ich Diego ungefähr hunderttausend Mal um Vergebung bat für mein Misstrauen und all die Flüche, die ich gegen ihn ausgestoßen hatte.

Kap. 12
Home, sweet home!

Ich hatte keine Ahnung, wie lange ich schon ziellos durch die Straßen geirrt war, und dass es inzwischen regnete, machte das Ganze auch nicht einfacher. Ich schlich eng an den Häuserwänden entlang, einerseits zum Schutz vor dem herunterprasselnden Regen, andererseits um mich möglichst schnell in einen Hauseingang verkrümeln zu können, falls ich irgendwo den albernen lavendelfarbenen Hut von Fräulein Antje auftauchen sehen sollte. Nichts würde mich dazu bringen, noch einmal auch nur eine einzige Pfote in ihren Friedhof der Kuscheltiere zu setzen. Diego vermisste ich natürlich schon, und ich hoffte inständig, dass der Katzengott die Stornierung meines Auftrags für den Blutigen Bannstrahl der Rache noch rechtzeitig zur Kenntnis genommen hatte.

Ich konnte mich gerade noch hinter einer Regenrinne vor einem Radfahrer in Sicherheit bringen, der mit ziemlich hohem Tempo über den Fußgängerweg raste. Das hätte noch gefehlt, dass ich so ungewöhnliche Ereignisse wie die Exekution durch einen Frikadellenformer, das Ersaufen in einer Regentonne oder die Mästung mit Dosenfutter erfolgreich verhindert hätte, aber dafür jetzt durch etwas so Gewöhnliches wie einen Fahrradunfall ins Jenseits geschickt würde. Ich ignorierte die Schimpftirade, die der gute Mann mir noch zurief, und lief weiter.

Gerade als ich merkte, dass mich so langsam die Kräfte verließen, weil die letzte Mahlzeit ja schließlich auch schon ewig lange her war, wurde ich plötzlich so hellwach als hätte ich

eine Dose *CatBull* getrunken. Ich konnte mein Glück kaum fassen - einige Meter vor mir wurde gerade in einem Innenhof ein Lkw mit ziemlich großen Kisten beladen, und zwar ein Lkw mit Berliner Nummernschild! Der Fahrer hatte soeben die letzte Kiste von dem Transportwagen in den Laderaum geschoben und ging noch einmal zurück zu der Verladerampe, vermutlich um eine weitere Palette abzuholen. Mit einem einzigen großen Sprung landete ich auf den Kisten im Laderaum und verschwand dann wie ein Blitz in einer dahinterstehenden kleinen Plastikwanne, die mir eine unbeobachtete und sichere Reise garantieren würde. Als dann die letzten Kisten hereingeschoben und gleich darauf die Türen geschlossen und der Motor gestartet wurde, schickte ich vorsorglich noch ein kleines Dankesgebet an den Katzengott, um mir auch künftig seine Gunst zu sichern. Vermutlich hätte er ja sonst irgendwann die Schnauze voll davon, immer nur die supereiligen, flehentlichen Bitten irgendwelcher panischen oder verzweifelten Katzen zu erhören und dafür so gut wie nie auch mal ein Dankeschön zu ernten. Ich muss zugeben, dass ich ziemlich erschrak, als nach meiner doch etwas scheinheiligen Dankestirade direkt hinter mir ein bedrohlich klingendes tiefes Knurren ertönte. Aber zu meiner Erleichterung stellte sich heraus, dass es nicht der von allen Katzen dieser Welt gefürchtete Zornesruf des Katzengottes war, sondern nur ein kleiner Generator, der kurz angesprungen und dann gleich wieder verstummt war.
Ich nahm mir sicherheitshalber trotzdem vor, dem Katzengott nie wieder etwas vorzuheucheln.
Dann rollte ich mich in der kleinen Wanne zusammen und ließ mich im Dunkeln von dem monotonen Motorengeräusch und dem leichten Geschaukel in den Schlaf wiegen.

134

Ich wurde unsanft aus meinem erholsamen Nickerchen gerissen, weil mein notdürftiger Katzenkörbchenersatz heftig gegen die Wand geworfen wurde, als der Lkw ziemlich plötzlich stoppte. Aber für diese kleine Unannehmlichkeit wurde ich sofort mehr als entlohnt, als ich hörte, wie der Fahrer draußen begrüßt wurde. „Na, biste froh, wieda in Bärlin zu sein, Emil?" Berlin!! Home, sweet Home! Am liebsten hätte ich ein ekstatisches Freudentänzchen aufgeführt, oder noch lieber auf unserem Dach ein ekstatisches Nümmerchen mit einer hübschen Berliner Katzenlady geschoben. Letzteres würde ich selbstverständlich umgehend nachholen, sobald ich diesen unwirtlichen Ort verlassen hatte. Die Tür zum Laderaum wurde geöffnet, und meine Augen hatten Mühe, sich an die hereinströmende Helligkeit zu gewöhnen. Außerdem knurrte mein Magen so laut, dass ich befürchtete, dass man es bis draußen hören konnte. So viel übrigens zum Sättigungseffekt von Dosenfutter, Freunde! Wenn ich erst einmal wieder bei Elinor war, würde ich wirklich nur noch speisen wie ein König – alles frisch, alles vom Feinsten, Homemade with Love! (Ja, Leute, wie ich bereits sagte: Katzen beherrschen alle Sprachen, und Englisch ist ja nun wirklich eine der allerleichtesten). Aber nun hieß es erst mal abwarten und mich im richtigen Moment davonzumachen. Als die ersten Reihen abgeladen waren und gerade weggebracht wurden, peilte ich durch einen Spalt zwischen zwei Kisten hindurch als erstes vorsichtig die Lage. Der Innenhof, in dem wir standen, war so klein, dass die Straße sozusagen direkt vor meiner Schnauze lag. Ein noch nicht einmal allzu kühner Sprung würde genügen, und ich hätte wieder Berliner Pflaster unter den Pfoten. Ich wartete vorsorglich ab, bis fast alle Kisten entladen waren, aber sobald der Fahrer mir den Rücken zustreckte und den Transportwagen in Richtung Lagerhalle bewegte, gab es kein Halten mehr. Ich holte tief Luft, und dann sprang ich elegant wie die

Miniaturausgabe eines schwarzen Panthers aus dem Laderaum mitten auf die Straße. Und direkt vor ein heranbrausendes Auto, das aber Gott sei Dank einen so reaktionsschnellen Fahrer hatte, dass es mit einer Vollbremsung vermutlich nicht mehr als 10 Millimeter vor meinen Schnurrhaaren zum Stehen kam. Keine Ahnung, wer mehr erschrocken war – der Fahrer oder ich. Ich fürchte, es war ich, denn so sehr ich es auch wollte, ich konnte mich nicht bewegen. Ich war wohl in einer Art Schockstarre, aus der mich vermutlich trotz meines quälenden Hungers selbst ein Fresskorb mit Goldsardinen, Leber und anderen Leckerlis nicht hätte herausholen können. Ich saß einfach stocksteif da wie Fräulein Antjes Kuscheltierfriedhofsmitglieder und konnte nur zwei, drei Mal blinzeln. Die Autotür öffnete sich, der Fahrer stieg aus und kam ganz langsam auf mich zu, ungefähr so wie in schlechten Western, wo der O-beinige Cowboy um 12 Uhr mittags unter Glockenschlägen die einsame Dorfstraße entlang schreitet und dann im richtigen Moment blitzschnell den Colt zieht. Ich hatte leider keinen Colt dabei und hoffte inständig, dass ich in diesem Katzenleben noch Gelegenheit haben würde, dieses Versäumnis nachzuholen. Dann schloss ich schicksalsergeben die Augen.

„Hallo, kleiner Freund! Tut mir leid, dass ich dich so erschreckt habe!" erklang eine wirklich sehr freundliche, warme Stimme, während die vermutlich zur Stimme gehörende Hand mir ganz sanft über den Kopf streichelte. „Ich glaube, du wärst der ideale Traumkater für meine wunderschöne Katze Adeline!".

Ich weiß nicht, ob es an den Vorstellungen lag, die ich mit „wunderschöne Katze" verband, oder an der unerwarteten Freundlichkeit, die man mir entgegenbrachte. Jedenfalls löste sich meine Schockstarre schlagartig, und ich riss erstaunt die Augen auf. Ich hatte einen katzenhassenden Terminator erwartet, der mich als Gefahr für die Allgemeinheit gleich zum Einschläfern bringen würde. Oder mich im günstigsten Fall in irgendeinem Tierheim ablieferte, wo ich bis zu meinem Lebensende zwischen zwei Gitterstäben hindurch auf Leute starren würde, die lieber niedliche Katzenbabies als einen alten, mürrischen Kater wie mich mit nach Hause nähmen. Stattdessen stand ein freundlicher und unverschämt gutaussehender Mann in Jeans, weißem T-Shirt und brauner Wildlederjacke vor mir, der selber eine Katze zu Hause hatte.

Obwohl ich jetzt wieder über ausreichend Muskelkontrolle verfügt hätte, um mich blitzschnell davonzumachen, blieb ich einfach nur bewegungslos sitzen und starrte dieses männliche Prachtexemplar an.

„Ich glaube, du brauchst erstmal ein kleines Leckerli, nach dem Schreck!"

Das klang vernünftig. Ich ließ mich also widerstandslos von ihm aufheben und ins Auto tragen, wo er mich auf dem Beifahrersitz absetzte. Dann fuhr er ein paar Meter weiter und parkte am Straßenrand. Und dann zeigte er mir, was er unter „kleinem Leckerli" verstand, und zauberte aus einer Plastikschüssel, die auf dem Rücksitz stand, die herrlichsten Köstlichkeiten hervor, die sich eine Katze wünschen konnte.

„Die waren eigentlich für meine Adeline, aber ich hole einfach gleich nochmal neue. Du hast ja offensichtlich einen Mordsappetit! Dann hau mal rein!"

Oh ja, hatte ich, und vermutlich vergaß ich wegen meines Heißhungers auch jegliche angeborene Vornehmheit und erlernte Katzenetikette und schlang einfach gierig alles hinunter, bis definitiv kein Happs mehr in mich hineinging ohne zu riskieren, dass das Ganze auf unerwünschte Weise den Rückwärtsgang einlegen und wieder seinen Weg nach draußen nehmen würde. Flüchten wäre jetzt gar keine Option mehr gewesen, denn ich fühlte mich nach diesem unerwarteten Festbankett so schwer, als hätte ich eine Bleikugel verschluckt. Aber merkwürdigerweise hatte ich in Gegenwart dieses

Zweibeiners keinerlei Verlangen danach, möglichst schnell möglichst viel Distanz zwischen uns zu bringen. Ich spürte eher eine Art Vertrautheit, als würden wir uns schon sehr lange kennen. Das war höchst seltsam, aber fühlte sich gleichzeitig sehr schön an.

„Schade, dass ich nicht weiß, wie du heißt, sonst würde ich dich natürlich mit deinem Namen ansprechen! Aber ich will mich wenigstens bei dir vorstellen."

Ein Zweibeiner mit Manieren! Ich war begeistert.

„Ich heiße Ben, also Benjamin, aber meine Freunde dürfen mich Ben nennen!" meinte mein neuer Freund und kraulte mich zärtlich unterm Kinn. Irgendwie fühlte es sich fast genau so an, wie wenn meine Elinor das tat. Schlagartig fiel mir wieder ein, wo ich war und wo ich wieder hinwollte. Wenn ich mich Ben doch nur verständlich machen könnte! Dann würde ich ihm einfach nur die Adresse nennen, denn die hatte ich ja in meinem aristokratischen Katzenkopf abgespeichert. Ich seufzte wegen dieser leider gattungsbedingt nicht möglichen Verständigung offenbar ziemlich heftig, denn Ben sah mich mitfühlend an.

„Ja, ich weiß, du willst nach Hause, mein kleiner Freund! Kein Problem!"

Kein Problem, Ben? Ich habe nicht die geringste Ahnung, wo genau wir sind, und ich kann dir noch nicht mal sagen, wohin du mich bringen sollst. Kein Problem – ernsthaft jetzt, Ben?

„Ich weiß, dass Katzen alles verstehen, was man sagt. Deshalb weiß ich, dass du mich auch verstehst. Und ich vertraue darauf, dass du mir irgendwie zeigen wirst, wohin ich dich bringen muss."

WAHNSINN!! Noch jemand außer Elinor, der wusste, dass wir Katzen nicht nur jeden Blick, sondern auch jedes Wort verstehen! Meine Begeisterung für diesen Katzenflüsterer steigerte sich minütlich. In welchen unbekannten Ecken Berlins hatte Ben sich bisher nur versteckt? Wieso war er nicht auf dieser Dating-Plattform gewesen, auf der Elinor all die Tims, Udos und Arnolds kennen gelernt hatte?

„Wir werden jetzt einfach mal quer durch Berlin kurven, und sobald dir etwas bekannt vorkommt, schaust du mich an und miaust – okay?" riss Ben mich aus meinen trüben Gedanken. Das war keine schlechte Idee, auch wenn man vermutlich tagelang durch Berlin kurven konnte, ohne auch nur eine einzige bekannte Ecke zu sehen. Was aber natürlich auch daran lag, dass ich leider beim Autofahren mit Elinor immer entweder irgendetwas Leckeres in mich hineinstopfte oder aber in den Frauenzeitschriften, die sie für den Friseursalon mitnahm, aufmerksam die Klatschspalten studierte. So wusste ich zwar immer, was Charlie Sheen, die Kardashians oder irgendwelche anderen Influenzer, die die Welt eigentlich nicht brauchte, gerade so trieben, aber von Berlin selbst hatte ich deshalb zu meiner Schande noch nicht wirklich viel gesehen. Aber da gab es ja noch meinen berühmten und inzwischen doch sehr verlässlichen letzten Strohhalm: den Katzengott! Da ich mich nach den ersten frustrierten Ausrutschern ihm gegenüber zwischenzeitlich doch sehr dankbar erwiesen hatte, wagte ich einen neuen Vorstoß. Ich nannte ihm meine Adresse (vermutlich unnötigerweise, denn ein Katzengott weiß doch sowieso alles – aber ich wollte lieber sichergehen) und bat untertänigst um möglichst zielstrebige Heimführung. Und da die Hotline schon mal offen war, schob ich schnell noch die Bitte um eine romantische Zusammenführung von Elinor und Ben hinterher. Denn für mich war spätestens nach dem reichhaltigen Gourmetmahl im Auto eigentlich klar, dass Ben der absolute Traummann für meine Elinor war - und damit auch meine Garantie für ein glückliches Katzenleben. Wie Diego so schön sagte: Happy Wife – Happy Life!

Ich blinzelte Ben wie ich es von den Unterhaltungen zwischen Elinor und mir gewohnt war, zwei Mal zu, und ich war sicher, dass er das verstand. Und dabei konnte ich auch etwas sehen, das mir bisher wegen der sich überstürzenden Ereignisse entgangen war: Ben hatte Sternchen in den Augen. Wie Doug Heffernan, mein Held aus „King of Queens", der seine Carrie so unfassbar lieb angucken konnte, dass nicht nur Elinor, sondern sogar ich nur noch umherschwebende rosa Herzchen vor Augen hatten. Und allerspätestens jetzt wusste ich ohne jeden Zweifel, dass Ben Elinors Traummann war, denn jetzt erinnerte ich mich wieder an Diegos letzte Worte vor dem Abschied: „Keine Sorge, du wirst ihren Doug schon bald kennenlernen.". Ja, Ben war ihr Doug! Jetzt mussten wir sie nur noch finden und die beiden zusammenbringen, und ich war sicher, dass es in dieser Nacht dann jede Menge Sternschnuppen geben würde.

Dann begann die große Berlin-Rundfahrt. Wir fuhren sogar einige Zeit am Wasser entlang, und auch wenn Katzen bekanntermaßen Wasser nicht so wirklich viel abgewinnen können, muss ich zugeben, dass ich den Anblick der kleinen bunten Boote mit fröhlich winkenden Zweibeinern darauf ganz hübsch fand. Ben schaute mich immer wieder von der Seite an, um kein Stopp-Signal von mir zu verpassen, aber leider erkannte ich einfach nichts wieder. Als wir nach fast zwei Stunden beide wohl schon am Aufgeben waren und Ben gerade auf eine große Kreuzung zufuhr, ertönte plötzlich neben meinem rechten Ohr wieder die bekannte heisere Stimme. „Jetzt rechts, Alter!". Diego! Ich stieß vor Schreck einen Maunzer aus, und Ben stieg so in die Bremsen, dass die Gott sei Dank von mir leergefutterte Plastikschüssel von der Rückbank nach vorne flog und neben mir auf dem Sitz landete. Wir standen jetzt mitten auf der Kreuzung, und Ben wusste natürlich nicht, ob er nach links oder nach rechts abbiegen sollte. Er schaute mich an, und ich schaute zurück und seufzte frustriert. Aber Ben bewies auch jetzt wieder, dass er ein absolut erstaunliches Exemplar seiner Gattung war. „Wir machen es so: 1x blinzeln bedeutet, ich soll nach links abbiegen, 2x blinzeln nach rechts, okay, mein Freund?" Und wie okay das war! Das schaffte ich doch sozusagen mit links, auch wenn wir natürlich nach rechts abbiegen mussten. Er ignorierte die Schlange hupender Autos hinter uns, schaute mir aufmerksam in die Augen und wartete gespannt. Ich blinzelte zwei Mal. „Super, gut gemacht! Also dann nach rechts!". Wir ließen die schimpfend gestikulierenden Autofahrer hinter uns und bogen in die Straße ein. Ich spürte, wie mein Herz etwas schneller klopfte, als wir langsam die Häuserreihen abfuhren. Und dann, fast ganz am Ende der Straße, klopfte mein Herz plötzlich wie verrückt. Da war der Metzgerladen, wo man immer ein Extraleckerli für mich bereithielt, wenn Elinor mit mir dort einkaufte! Und wie in einem Hollywoodfilm, wo am Ende immer alles gut wird, öffnete sich genau in dem Moment, als wir den Ladeneingang passierten, die Tür, und meine Elinor kam heraus. Eigentlich fehlte nur noch wie in einem richtigen Hollywoodfilm die dramatische Begleitmusik, aber ich war auch ohne Musik völlig aus dem Häuschen. Als ich sie sah, konnte ich nicht anders, als wie verrückt auf dem Sitz auf- und abzuhüpfen und laut zu miauen. Mein wunderbarer kluger Freund Ben verstand natürlich sofort. Er hielt an, öffnete schnell seine Tür einen Spalt und ließ mich hinaushüpfen – direkt vor Elinors Füße. Zuerst sah sie mich zwei, drei Sekunden lang so ungläubig an, dass ich mich fast wie ein Katzengeist fühlte. Aber dann füllten sich ihre wundervollen himmelblauen Augen mit Tränen, und die prall gefüllte Einkaufstasche landete auf dem Boden. Sie kniete sich vor mich hin und streichelte und drückte mich so fest, dass ich fast befürchtete, die Früchte meiner krassen Verhaltenstherapie durch Diego vielleicht wegen vorzeitigen

Ablebens nicht mehr ernten zu können. Aber es fühlte sich trotzdem einfach nur gut an, wieder bei meiner Elinor zu sein und von ihr gestreichelt und geherzt zu werden.

„Catmandu, mein Schatz, wo warst du nur! Geht es dir gut?"

Sie lächelte unter Tränen und wischte sich die blaue Haarsträhne aus der Stirn.

„Aha, so heißt der kleine Prachtkerl also!"

Ben war ausgestiegen und schlenderte lässig auf uns zu.

„Ein passender Name für einen so außergewöhnlichen Kater!"

Oh ja, Ben, das finde ich auch! Und jetzt schnapp sie dir! Ben streckte Elinor, die noch am Boden kniete, die Hand entgegen.

„Benjamin Herz, angenehm!"

Er zog sie galant wie ein wahrer Gentleman hoch, bis sie auf ihren High Heels stand, wenn auch wegen des Überraschungsschocks anfangs noch etwas wacklig.

„Ihr Kater ist mir direkt vors Auto gelaufen, aber dann hat er mir sozusagen gesagt, wo ich ihn hinbringen muss."

Elinor bemerkte es vermutlich nicht, aber mir gefiel, was ich sah: Ben wirkte ziemlich beeindruckt. Das war natürlich auch kein Wunder, denn wie bereits mehrfach erwähnt war meine Elinor bildhübsch. Leider schien sie allerdings umgekehrt seine offensichtlichen äußeren und inneren Vorzüge nicht wahrzunehmen, jedenfalls bedankte sie sich nur fast schon unhöflich kurz, stellte sich noch nicht einmal vor, und bemühte sich so übereilt, mit mir das Weite zu suchen, dass ich äußerst irritiert war. Elinor, Ben ist dein Traummann, siehst du das denn nicht? Dein Doug Heffernan mit Sternchen in den Augen. Der wunderbare, genau richtige, der absolute Traummann für dich! Nur leider schien es so zu sein, dass offenbar nur ich das erkannte. Elinor dagegen würdigte diese Stecknadel im Heuhaufen, diese Sternschnuppe in einem ansonsten jämmerlich leeren Traummännerkosmos, keines längeren Blickes. Wie sollte Ben uns wiederfinden, wenn sie weder Namen und Telefonnummern voneinander hatten? Sie bat ihn nicht auf einen Kaffee mit nach oben. Sie fragte ihn nicht nach seiner Telefonnummer. Sie schien sich überhaupt nicht für ihn zu interessieren. Ben strich mir liebevoll über den Kopf, Elinor nickte ihm zum Abschied kurz zu, drehte sich um und ging mit mir davon.

Ich fühlte, wie mein Herz mit jedem Schritt, den wir uns von diesem zweibeinigen Hoffnungsträger entfernten, schwerer wurde, und ich schlich vermutlich dahin, als hätte ich Bleikugeln an den Pfoten.

Da tauchte Ben plötzlich wieder neben uns auf.

„Darf ich Ihnen das hier geben – meine Visitenkarte" er streckte Elinor ein kleines weißes Kärtchen hin, auf dem hoffentlich sein Name, Telefonnummer und Mailadresse standen. „Vielleicht haben Sie ja mal Lust auf einen Cappuccino!"

HURRA! Ein Mann mit *Cojones*, wie Diego sagen würde. Mein Herz wurde schlagartig um einige Pfund leichter, und genauso schlagartig kehrte auch mein gesunder Appetit zurück. Schließlich hatte ich schon seit mindestens drei Stunden nichts mehr zu mir genommen.

„Ja, vielleicht. Vielen Dank auf alle Fälle nochmal, dass Sie mir Catmandu zurückgebracht haben."

Elinor lächelte höflich und so kühl wie eine Eisprinzessin, ließ das Kärtchen in die Einkaufstasche fallen und ging mit mir weiter. Ben zwinkerte mir noch rasch verschwörerisch zu, stieg in sein Auto und fuhr davon. Ob es nach diesem jämmerlich misslungenen Flirtversuch jemals zu dem erhofften gemeinsamen Cappuccino kommen würde, müsste eigentlich bezweifelt werden. Aber ich würde nicht aufgeben, ich hatte meine *Cojones* ja schließlich nicht bei dem weißen Riesen in der Praxis gelassen.

In diesem Moment schwor ich mir, dass Ben nicht auf Nimmerwiedersehen davongefahren sein würde. Ich war gefräßig und sexsüchtig, aber ich würde notfalls tagelang fasten und nächtelang auf meine leidenschaftlichen Nümmerchen auf dem Dach verzichten, wenn das irgendwie dazu beitragen könnte, Ben und Elinor zusammenzubringen.

Wobei es zugegebenermaßen natürlich erfreulicher wäre, wenn ich ohne diese Kasteiungen zum Ziel kommen würde.

Mein Selbstmotivations- und Schlachtruf würde von jetzt an lauten: *Happy Wife – Happy Life!*

Elinor war offenbar so glücklich, mich wiederzuhaben, dass sie die ganze Zeit sang, während sie mir und sich allerhand Leckerlis zubereitete, die wir schließlich gemeinsam auf der Couch vor dem Fernseher verzehrten. Es waren zwar leider wieder mal unglaublich schnulzige Schlager von Rex Gildo und Roy Black, aber ich hörte großzügig darüber hinweg, weil die Hauptsache war, dass Elinor glücklich war. Während ich noch genüsslich an einem Hühnerschlegelchen nagte, erzählte mir Elinor, was ich eh schon wusste: Oskar war ein Schwein und von ihr rausgeworfen worden. Aber sie erzählte mir auch, was ich noch nicht wusste: Elinor wollte nie wieder etwas mit Männern zu tun haben. Noch vor Kurzem hätte ich nach einer solchen Botschaft leidenschaftliche Freudentänze aufgeführt. Aber inzwischen wusste ich, dass aus einer hübschen, netten jungen Frau eine verbitterte, von Zwangsneurosen getriebene alte Jungfer werden konnte, wenn sie sich wegen enttäuschender Erfahrungen mit Männern ausschließlich auf Vierbeiner fixierte anstatt auch einem adretten, gut erzogenen und liebevollen Zweibeiner seinen Platz in der Runde zu gönnen. Man mochte mich ja nicht zu Unrecht etwas gefräßig und sexsüchtig nennen, aber eines war ich definitiv nicht: beratungsresistent! Mein wunderbarer philosophierender brasilianischer Straßengangkater Diego hatte erstklassige Arbeit geleistet. Ich war bereit für die glückliche Dreierbeziehung! Und zwar mit Ben. Ben mit den Sternchen in den Augen.

Nachdem Elinor mich ausgiebig durchgekuschelt hatte, schauten wir uns eine Folge von *Sex and the City* an. Carrie Bradshaw war mal wieder deprimiert, weil sie sich mal wieder in den falschen Typen verguckt und das leider mal wieder erst zu spät gemerkt hatte. Wie immer versuchte ihre Mädelsgang, sie zu trösten.

„Weißt du was, Catmandu? So etwas kann mir nie wieder passieren!" Elinor wandte mir das Gesicht zu, so dass ich sehen konnte, dass in ihren Augen Tränen glitzerten.

„Ich habe leider erst jetzt erkannt, dass du ganz Recht damit hattest, die Männer zu vergraulen. Du wolltest mich nur beschützen, du wolltest vermeiden, dass ich leiden muss."

Sie zog mich zu sich auf den Schoß und streichelte mich zärtlich, und ich zerschmolz fast vor schlechtem Gewissen. Nein, Elinor, ich wollte dich nicht beschützen. Nein, Elinor, ich wollte nicht vermeiden, dass du leidest. Ich wollte vermeiden, dass *ich* leide, Elinor. Weil ich geglaubt hatte, sobald du deinen Traummann hättest, wäre ich abgeschrieben.

Könnte man vor Scham in den Boden versinken, wie es immer so schön heißt, dann wäre mir das jetzt in diesem Moment passiert. Stattdessen belohnte Elinor mich ohne es zu wissen für meinen Egoismus auch noch mit Streicheleinheiten und vergrößerte meine Scham und Gewissensbisse damit noch.

Elinor versetzte Carrie Bradshaw mit der Fernbedienung entschlossen den Todesstoß und zappte zielsicher direkt in die Szene einer Folge von *Desparate Housewives*, wo die unheimliche Perfektionistin und gruselig unterkühlte Bree van de Kamp trickreich für ein endgültiges Goodbye eines ihrer betrügerischen Männer sorgte. Dass Elinor dabei ein Lächeln übers Gesicht glitt, machte mir Sorge, auch wenn ich sie selbstverständlich lieber lächeln als weinen sah. Es erinnerte mich aber leider an Fräulein Antje und ihr seltsames tückisches Lächeln, als der weiße Riese mit der Entkrallungszange ankam. Und an das Lächeln von Stephen Kings Annie aus *Misery*, als sie mit den zwei Backsteinen ankam, um dafür zu sorgen, dass ihr Opfer das Bett nicht mehr verlassen und flüchten konnte.

Ich wollte nicht, dass meine Elinor sich nach und nach in ein Fräulein Antje oder gar in Annie verwandelte. Ich wollte, dass sie lächelte, weil sie glücklich war, und nicht aus befriedigter sadistischer Rachsucht. Ich schwor mir bei allem, was mir heilig war (also bei goldglänzenden Sardinen, leidenschaftlichem Dach-Sex und meinen *Cojones*), alles wieder gut zu machen und Elinor mit dem Richtigen, und das war natürlich Ben, zusammenzubringen, selbst wenn es zum vorzeitigen Ende meines jetzigen sechsten Katzenlebens führen sollte. Ob ich beim Schwören so großzügig gewesen wäre, wenn es um mein neuntes und damit letztes Katzenleben ginge, weiß ich nicht wirklich. Aber dem Katzengott sei Dank musste ich mich dieser Frage ja vorerst gar nicht stellen. Und ich musste erstmal auch nicht weiter über meine Übeltaten nachdenken, denn meine Gedanken wurden durch das Klingeln des Telefons unterbrochen.

„Hallo Mel, wie schön, dass du anrufst!"

Wenn ihre Cousine Melanie aus New York anrief, freute Elinor sich immer, auch wenn das letzte Telefonat sie doch etwas aus der Bahn geworfen hatte.

„Wie Paris war? Ach, Melanie - frag' lieber nicht!"

Ihr Lächeln verschwand, als hätte man es per Fernbedienung ausgeknipst. Elinor setzte sich wieder neben mich auf die Couch. Dann erzählte sie Melanie in allen Einzelheiten, was vor, während und nach der Parisreise geschehen war. Ehrlich gesagt gab es da einige Passagen, die in Hotelbetten spielten, bei denen ich mir am liebsten die Pfoten über die Ohren gelegt hätte. Aber ich wollte lieber so tun als ob ich gar nichts verstand, weil ich vermeiden wollte, dass Elinor aus ihrer Sicht für meine Ohren nicht geeignete wichtige Details ausließ.

„Und ich habe jetzt endgültig beschlossen, dass ich nichts mehr mit Männern zu tun haben möchte. Nie mehr, Melanie! Ich habe Catmandu, das ist alles, was ich brauche!"

Sie zog mich näher zu sich heran und kraulte mich mit der freien Hand unterm Kinn. Ich sah sie mit dem hypnotischsten Katzenblick, den ich aufbringen konnte, an. Nein, nein, nein,

Elinor, du brauchst nicht nur mich! Du brauchst einen Doug. Nur mit mir alleine würdest du eine alte Jungfer werden, die wie Fräulein Antje ständig Selbstgespräche mit von ihrem eifersüchtigen Kater vergraulten Verehrern führt und irgendwann einsam und verbittert auf dem Friedhof landet. Mit meinen Hypnosekünsten hätte ich ganz bestimmt sogar ein Huhn dazu gebracht, sich für einen Goldfisch zu halten und schwimmen zu gehen, aber bei Elinor versagte ich offenbar. Ich fühlte, wie sich langsam eine graue Wolke auf mich herabsenkte.

„Der Typ, der Catmandu zurückgebracht hat, war ja eigentlich süß, und er hat mir sogar seine Visitenkarte quasi hinterhergetragen."

Ah! Die Wolke begann sich wieder zu heben.

„Aber ich vertraue jetzt keinem mehr, egal wie nett er sich gibt und wie gut er aussieht. Am Ende entpuppen sie sich doch immer nur als untreue Egoisten, die mich nur ausnutzen wollen." Die Wolke begann sich wieder zu senken. „Du hast mit deinem Bernie halt einfach irre viel Glück gehabt, Mel. Und ich freue mich riesig für dich, aber ich bin wohl einfach ein Pechvogel, was Männer angeht."

Melanie versuchte zwar, Elinor zu motivieren, meinen Retter doch einfach mal ganz unverbindlich auf einen Cappuccino zu treffen. Aber Elinor blieb bei ihrer Entscheidung. Die beiden unterhielten sich dann noch über Melanies Schwangerschaft, welchen Namen sie und Bernie dem Baby geben wollten, und natürlich auch über den Termin für die Hochzeit in New York, zu der Elinor selbstverständlich eingeladen war.

Ich dagegen versuchte, mich wieder von der grauen Wolke zu befreien, die sich immer mehr auf mich herabzusenken schien. Und dabei würde mir am besten eine kleine Konversation mit meinem besten Kumpel helfen.

Kaum war also der Fernseher abgeschaltet und Elinor ins Bett gegangen, schlich ich mich aufs Dach, wo der gute Eddy Nacht für Nacht sehnsüchtig nach mir Ausschau gehalten hatte, wie er mir gestand.

„Wo warst du nur, Kumpel? Ich hab' mir echt viele Sorgen gemacht, hatte nämlich gehört, dass du entführt worden sein sollst und vielleicht sogar", er schluckte so laut, dass ein Katzengigolo, der in der Nähe nach willigen Katzenladies Ausschau hielt, vor Schreck zusammenfuhr, „tot bist!"

Eddy sah so unglücklich aus, dass ich richtig gerührt war. Ich berichtete ihm haarklein, was mir zugestoßen war, einschließlich der detaillierten und zugegebenermaßen mit etwas zu vielen vermeintlichen Heldentaten ausgeschmückten Schilderung meiner Flucht aus der Tierarztpraxis und aus den beiden Lkws. Aber dass die Entkrallungszange und die Spritze fast so groß waren wie der weiße Riese, und ich bereits auf dem Rand des Frikadellenformers balanciert und in dessen alleszermalmenden Abgrund geblickt und mich nur in allerletzter Sekunde mit einem Fünfmeterhechtsprung hatte retten können, glaubte ich am Ende meines hochdramatisch vorgetragenen Berichts schließlich fast selber.

„Du bist ein Held, Catmandu! Man müsste dir den neunkralligen goldenen Katzenkosmos-Verdienstorden überreichen, aber der wurde ja leider gerade erst an den Hollywoodkater Tomcat Cruise vergeben."

Eddy sah mich so bewundernd an, dass ich umgehend ein schlechtes Gewissen bekam und erwog, mich mit der Schilderung meiner Erlebnisse vielleicht doch etwas mehr der Realität anzunähern. Aber Eddy nahm mir zu meiner Erleichterung diese Entscheidung ab, er interessierte sich nämlich brennend für Diego.

„Und Diego ist wirklich ein Katzengeist, der hellsehen und mit seinen Augen Filme auf Wände zaubern kann? Das ist ja unglaublich!" Er schüttelte staunend den Kopf. Ich war dankbar, von meiner inzwischen bereuten extremen Selbstbeweihräucherung ablenken zu können, und nickte.

„Ja, Diego ist einfach unglaublich! Er hat zwar nicht so gute Manieren wie wir und eine etwas deftige Sprache, aber wenn uns ständig der Blick in den geölten Lauf einer Kalaschnikow oder der sanfte Hieb mit einer Machete drohen würde, würden wir uns wahrscheinlich auch nicht mit Höflichkeitsfloskeln aufhalten."

Eddy sog hörbar die Nachtluft ein und seufzte.

„Diesen Katzenrambo würde ich auch gerne kennenlernen, Catmandu! Hier oben auf dem Dach passiert doch nie irgendetwas Spannendes."

Er seufzte wieder.

„Der einzige gefährliche Blick, der mir hier oben drohen könnte, wäre der aus den Augen einer Katzenlady, der ich gestehen müsste, dass ich lieber eine Sardine oder ein Würstchen vernasche als sie."

Armer Eddy, ich wusste genau, was er meinte. Und ich dankte insgeheim meiner Elinor und dem Katzengott, dass sie mich vor Eddys Schicksal bewahrt hatten. „Aber noch nicht einmal das kann passieren!" Er stieß ein Geräusch aus, das wohl ein bitteres kleines Lachen darstellen sollte.

„Denn dass ich meine, wie es dein Diego nennen würde, *Cojones* in einer Tierarztpraxis zurücklassen musste und deshalb jetzt meine Leidenschaft nur noch essbaren Leckerbissen gilt, das hat sich inzwischen ja schon überall herumgesprochen."

Eddy tat mir wirklich leid, und bevor die Stimmung ganz in den Keller gleiten würde, startete ich schnell einen kurzen Ausflug in die Comedyabteilung. Der aus dem Bad schleichende furzende Oskar in ausgeleierten Baumwoll-Doppelripp-Großvater-Unterhosen, oder wie er im Wohnzimmer vor der Katzenpensionswirtin sein Handtuch verlor und unfreiwillig splitterfasernackt seine wirklich nicht sehr beeindruckende Männlichkeit präsentierte, entlockte uns beide regelrechte Lachsalven.

Nachdem wir uns ausgiebig amüsiert hatten, kam ich zu dem, was mich bedrückte, denn Eddy war nach wie vor mein Ratgeber in allen Katzenkosmosfragen.

„Ich weiß ganz genau, dass Ben der Richtige für Elinor ist, aber Elinor will nie mehr etwas mit Männern zu tun haben, Eddy!" Eddy nickte. „Und jetzt, wo es eigentlich so ist, wie du es immer haben wolltest," er sah mich von der Seite an und die leichte Ironie in seinem Blick entging mir nicht, „hast du Angst, dass sie deswegen irgendwann so endet wie dieses Fräulein Antje, einsam, unglücklich und verbittert."

Ich nickte beschämt. „Genau, Eddy. Es gibt Wünsche, die gehen besser nicht in Erfüllung, das habe ich jetzt gelernt."

Wir schauten uns in die Augen und nickten uns weise zu wie die beiden alten Männer auf dem Balkon in der Muppet Show.

„Mal ganz davon abgesehen, dass ich nie wieder einen Katzenpullover anziehen oder mich mit Lavendelpuder einstäuben oder mir gar die Krallen ziehen lassen will."

Die *Cojones* erwähnte ich lieber nicht, ich wollte nicht Gefahr laufen, den guten Eddy erneut in eine Depressionswolke zu stürzen.

„Ich habe einfach keinen Plan, wie ich Elinor dazu bringen könnte, wenigstens mal mit Ben zu telefonieren, oder sich mit ihm zu verabreden.".

Eddys Schnurrhaare begannen leicht zu zittern – ein untrügliches Zeichen, dass sein wunderbares Katzengehirn in Kürze die Lösung präsentieren würde. Ich entspannte mich etwas.

„Du hast ja seine Adresse, also kannst du…" Ich unterbrach ihn. „Wie kommst du darauf, Eddy? Ich habe keine Adresse von Ben, das ist doch das Schlimme! Er ist doch jetzt quasi die Nadel im riesigen Berliner Heuhaufen, für immer unauffindbar!"

Eddy sah mich fragend an. „Aber hattest du nicht gesagt, dass er Elinor seine Visitenkarte gegeben hat, oder habe ich da etwas falsch verstanden?"

Schlagartig richtete ich mich kerzengerade auf, und mir fiel regelrecht die vielzitierte Kinnlade herunter, obwohl das ja angeblich bei Katzen gar nicht möglich ist (wieder etwas, das die Zweibeiner endlich mal in ihrem „Was-kann-eine-Katze"-Atlas" korrigieren sollten). Es stimmte, Eddy hatte Recht! Da war ja Bens Visitenkarte, die ganz bestimmt alle Informationen enthielt, die notwendig waren, um diese kostbare Nadel mühelos aus dem Heuhaufen zu ziehen. Aber wo war die Karte geblieben? Ich versuchte, mich zu erinnern. Ich sah, wie Ben sie Elinor entgegenstreckte. Ich sah, wie Elinor sie nahm. Und dann sah ich nichts mehr. Das letzte, an das ich mich erinnern konnte, war der schmerzliche Moment, als Ben zum Auto ging und wegfuhr. Und so sehr ich mich auch anstrengte, es gab keinerlei Erinnerung daran, wo die wertvolle Karte am Ende geblieben war. Ich beschloss insgeheim, endlich die Empfehlung der alten Grinsekatze aus dem Nachbarhaus anzunehmen, meine Gehirnleistung mit etwas herausfordernderer sportlicher Aktivität als nur den nächtlichen Sexabenteuern anzukurbeln. Wie gerne hätte ich jetzt Diegos Filmprojektorkünste in Anspruch genommen und mir auf der bröckeligen Häuserwand gegenüber das Ganze noch einmal im Detail angesehen. Hatte Elinor die Karte etwa unterwegs einfach unbemerkt fallen lassen, weil sie sie ja eh nicht nutzen wollte? Das letzte Mal, das ich sie gesehen hatte, war jedenfalls, als Ben sie ihr in die Hand gedrückt hatte. Zuhause hatte ich sie weder beim Auspacken der Einkäufe gesehen noch als Elinor wie üblich ihre Jackentaschen nach außen stülpte, weil sie dort immer kleine Zettel mit Erinnerungen an irgendwelche Erledigungen deponiert hatte.

„Und, hast du sie oder nicht?"

Eddy sah mich mit hochgezogenen Augenbrauen fragend an.

„Ich kann mich dummerweise nur noch daran erinnern, dass Elinor sie genommen hat, aber danach…", ich verstummte frustriert.

„Also pass auf, mein Freund!" meinte Eddy beruhigend. „Wenn sie die Karte unterwegs weggeworfen hätte, wüsstest du das, da bin ich mir absolut sicher."

Er lachte sein herrliches brummendes Katerlachen.

„Du hättest sie doch noch im Flug abgefangen und sie dir noch nicht einmal von einer Sondereinheit der berüchtigten CAT9 wieder abnehmen lassen!"

Jetzt musste auch ich lachen. Eddy hatte ja sowas von Recht. Und in dem Moment tauchte plötzlich aus dem Nebel des Vergessens auch die Erinnerung wieder auf. Elinor hatte Bens Visitenkarte in die Einkaufstasche fallen lassen. Aber wieso war sie dann beim Auspacken nicht auf dem Küchentisch gelandet? Dafür gab es nur eine Erklärung: sie lag noch in der Tasche! Und damit im Abfalleimer, in den Elinor sie nach dem Einkaufen geworfen hatte – und den sie morgen früh auf dem Weg zum Friseursalon garantiert zur Mülltonne bringen würde. Was ich aber bei allem was mir heilig war, hauptsächlich meinen *Cojones*, mit allen mir zur Verfügung stehenden Mitteln verhindern würde.

„Ich weiß, wo sie ist, Eddy. Sie ist in der Küche im Abfalleimer gelandet. Sorry, ich muss los, Kumpel!"

Hätte ich noch Fräulein Antjes Lavendelpuder in meinem Fell gehabt, dann hätte der gute Eddy von mir vermutlich nur noch eine Staubwolke gesehen, so schnell raste ich davon. Heute Nacht würde es keinen Sex geben, aber auch wenn ich selbst so etwas noch bis vor Kurzem für völlig absurd gehalten hätte: Dieses kleine Kärtchen war mir tausend Mal wichtiger als Sex, und auch wenn mich jeder andere Kater im Vollbesitz seiner *Cojones* für verrückt halten würde: sogar wichtiger als Sex mit

der verführerischsten aller Katzenladies - der geheimnisum-
witterten, supersexy *CatWoman*.

Eddy rief mir noch ein aufmunterndes „Du schaffst das, mein
Freund!" hinterher, dann war ich auch schon im Treppenhaus
verschwunden
.

Ich war froh, dass Elinor schon im Bett war, denn nachdem ich
auf der Suche nach der Visitenkarte kopfüber bis auf den
Grund des Abfalleimers getaucht und es nur noch mit äußerst
akrobatischen Verrenkungen wieder herausgeschafft hatte,
bot ich vermutlich keinen besonders erfreulichen Anblick.
Vom Geruch ganz zu schweigen, denn ich hatte Bens Visitenkarte aus der Tasche zwischen den Wurst- und Fischabfällen,
die von der Zubereitung meiner Leckerlis stammten, hervor-
gezogen. Hier hätte Fräulein Antjes Lavendelpuder ausnahmsweise mal einen sinnvollen Einsatz gehabt, aber stattdessen würde ich mich einfach später noch einmal zum Aus-
lüften aufs Dach begeben müssen. Vielleicht war ja sogar mein
Kumpel Eddy noch oben, dann würde ich ihm gleich die er-
freuliche Nachricht überbringen können: Ich hatte Bens Telefonnummer! Ich hatte Bens Adresse! Ich hatte Bens
eMailadresse! Mein Herz schlug Purzelbäume. Aus meiner
Sicht war damit die Schlacht bereits gewonnen.

In den nächsten Tagen würde sich allerdings zeigen, dass ich
wesentlich mehr Kreativität zeige und Körpereinsatz würde
bringen müssen, als ich in meinem naiven Freudentaumel geglaubt hatte.

Kap. 13
Angeln für Fortgeschrittene

„Was ist denn das, Catmandu?" Elinor schaute zuerst mich, dann das wertvolle Geschenk, das ich ihr vor die Füße gelegt hatte, irritiert an. Bens Visitenkarte, für dich, Elinor! Bitte, bitte ruf ihn an, Elinor! Aber sie nahm das kleine Kärtchen nur mit spitzen Fingern vom Boden, verzog wegen des Geruchs angewidert das Gesicht, und versenkte es schnell da, wo ich es unter Aufbietung aller meiner Kräfte mühsam herausgefischt hatte.

„Das war mir wahrscheinlich versehentlich aus dem Müll gefallen. Wie lieb, dass du mir so beim Saubermachen hilfst, Catmandu! Du bist einfach der beste!"

Während Elinor mich liebevoll unterm Kinn kraulte, bevor sie im Bad verschwand, hätte ich vor Frust am liebsten den Abfalleimer umgeworfen. Aber das hätte ja nur bedeutet, dass Elinor alles wieder hätte aufsammeln und putzen müssen. Das wollte ich natürlich nicht. Ich wollte einfach nur, dass sie Ben anrief. Was nun hieß, dass ich wiederum den Abfall durchwühlen musste, und zwar bevor Elinor aus dem Bad kam und ihn auf dem Weg zur Arbeit zur Mülltonne brachte. Gott sei Dank würde kein erneuter Tieftauchgang erforderlich sein, denn die Karte lag ja jetzt ganz oben. Als ich die Dusche rauschen hörte, sprang ich auf das Deckelpedal, zog mich zum Rand hoch und erspähte auch sofort das Zielobjekt. Ein kräftiger Wisch mit der Pfote, und die Visitenkarte lag vor dem Abfalleimer auf dem Boden. Ich nahm sie vorsichtig zwischen die Zähne und trug sie neben Elinors Schuhe, die im Flur zum

Anziehen bereitstanden. Und ich freute mich diebisch über ihren völlig fassungslosen Gesichtsausdruck, als sie das Kärtchen sah, das sie doch gerade erst in den Abfalleimer geworfen hatte. Wer sich erkennbar nicht freute, war Elinor. „Ich glaube, ich werde so langsam senil," murmelte sie vor sich hin. „ich dachte, ich hätte das gerade…" sie verstummte, schüttelte den Kopf – und warf das wertvolle Stückchen Papier wieder in den Abfalleimer. Es war zum Schnurrhaare ausreißen! Wie oft würde ich noch in diesen gammelnden Kosmos aus Fisch-, Wurst- und sonstigen Resten eintauchen müssen, bevor Elinor endlich begriff, dass sie doch einfach nur die Nummer auf der Karte ablesen und ihren Traummann anrufen musste, auch wenn sie noch gar nicht wusste, dass er ihr Traummann war?

Zum Glück brauchte sie dann für die Suche nach ihrem Handy so viel Zeit, dass sie es am Ende zu eilig hatte, um noch wie eigentlich geplant den Abfall rauszubringen.

Sobald die Wohnungstür hinter Elinor ins Schloss gefallen war, machte ich mich erneut über den Inhalt des Abfalleimers her. Ein Sprung auf das Deckelpedal, ein Blick in den Eimer, und da war das gute Stück auch schon. Aber dieses Mal würde ich die Karte nicht wieder irgendwo deponieren, wo Elinor sie zwar finden, aber nur wieder glauben würde, sie habe sie nur versehentlich noch nicht weggeworfen. Ich würde sie ihr so präsentieren, dass es keinerlei Zweifel mehr gab, dass sie eine wichtige Botschaft für sie enthielt, nämlich: Ruf!ihn!an!

Als Elinor also abends nach Hause kam, saß ich gelassen und tiefenentspannt wie eine Zen-Katze und mit dem allerunschuldigsten Blick mitten im Wohnzimmer, unter meinen Vorderpfoten verborgen das Ticket zu meinem Glück.

„Oh, Catmandu, du hast mich schon erwartet! Das ist aber schön."

Sie hängte ihre Jacke an die Garderobe, stellte die Einkaufstasche in der Küche ab und kam auf mich zu, um mir die üblichen zärtlichen Willkommenskrauler zu geben. Die waren mir ja eigentlich zwar genau so wichtig wie die Leckereien, die ich täglich in meinem Futternapf präsentiert bekam, aber heute musste ich zugunsten eines höheren Ziels tapfer darauf verzichten. Stattdessen nahm ich Bens Visitenkarte zwischen die Zähne, bewegte mich dem Anlass angemessen würdevoll auf Elinor zu, und legte sie ihr direkt vor die Füße. Dann setzte ich mich daneben, miaute ein paar Mal sehr zärtlich, und blickte schließlich mit dem allerhypnotischsten Katzenblick, der mir nur möglich war, zu Elinor auf. Und sicherheitshalber richtete ich natürlich auch schnell noch erneut eine Bitte an den Katzengott, der sich ja inzwischen irgendwie schon als mein großzügiger Mentor erwiesen hatte. Elinor schaute mit gerunzelter Stirn zuerst auf mich, dann auf das Kärtchen, dann wieder auf mich. Ruf ihn an, Elinor! Bitte, bitte ruf ihn an! Happy Wife – Happy Life, Elinor!

Und schließlich, ich konnte es kaum glauben, erkannte ich in ihren Augen, dass sie offenbar endlich verstanden hatte. Sie lächelte kopfschüttelnd, bückte sich und hob das Kärtchen vom Boden auf. Mit der Menge Luft, die ich jetzt erleichtert einsog, hätte man bestimmt eine Wärmflasche aufblasen und zum Platzen bringen können.

„Ich glaube, ich verstehe jetzt, was du willst, Catmandu!"
Elinor sah mich schelmisch an.

„Du willst, dass ich anrufe und mich bei deinem Retter bedanke!"

Na ja, das war zwar nicht ganz das, was ich eigentlich wollte, aber es wäre ja immerhin schon mal ein Anfang. Also blinzelte ich wie in solchen Fällen üblich zwei Mal und sah sie mit schiefgelegtem Kopf an, weil ich wusste, dass sie das besonders niedlich fand und dann immer besonders zugänglich war für meine Wünsche und Bedürfnisse.

„Also gut. Du brauchst wegen dem Ding nicht mehr den Abfall zu durchwühlen, mein Schatz."

Elinor lachte, vermutlich weil sie sich vorstellte, wie ich kopfüber im Abfalleimer hing und verzweifelt nach einem Stückchen Papier tauchte.

„Ich verspreche dir, dass ich diesen Ben morgen Abend anrufen werde. Heute bin ich zu erledigt."

Sie hatte vermutlich wieder einige schwierige Kundinnen gehabt, die dachten, Elinor könne wie durch Zauberhand aus ihren dünnen, fisseligen Haaren eine prachtvolle Löwenmähne zaubern, und die dann natürlich enttäuscht waren vom Ergebnis und grummelnd abzogen.

„Ich habe gerade noch genug Energie, uns beiden die restlichen Fischfrikadellen von gestern heiß zu machen, und dann brauche ich unbedingt zwei Folgen mit Doug, Carrie und Arthur."

Oh ja, Elinor – zwei Folgen mit deinem geliebten Doug Heffernan, der mit den Sternchen in den Augen! Beim ersten Treffen mit Ben würde sie sehen, dass er auch solche Sternchen in den Augen hatte, und die große Lovestory würde ihren Lauf nehmen.

Diese Vorstellung beflügelte mich so, dass ich wie ein wochenlang Ausgehungerter gierig über die Fischfrikadellen herfiel, ohne wie sonst auf eventuelle Grätenreste zu achten. Prompt verirrte sich eine in meinen Hals, aber Elinor sah mich würgen, griff mir beherzt in den gierigen Schlund und zog das feindliche Stück heraus. Dann schauten wir *King of Queens,* bis Elinor vor Müdigkeit immer wieder die Augen zufielen, und sie schließlich zu Bett ging.

Ich konnte den nächsten Tag und den Anruf bei Ben kaum erwarten und war so aufgeregt, dass ich in dieser Nacht ganze sieben Katzenladies erfreute – mein persönlicher Rekord, mit dem ich selbstverständlich überall prahlen würde.

Der Tag dehnte sich wie das Gummiband, das Elinor bei ihren Gymnastikübungen benutzte. Zwischendurch schlich ich immer wieder mal aufs Dach, aber tagsüber waren da natürlich weder mein Kumpel Eddy noch irgendwelche willigen Katzenladies zu finden. Aber Sex bei Mondlicht war sowieso viel aufregender, und mein gestriger Rekord hatte meine *Cojones* dann doch ziemlich beansprucht, so dass ich ganz froh war, nicht schon wieder SuperCat spielen zu müssen. Also strich ich einfach nur zwei, drei Mal vorsichtig um den baufälligen Kamin, blickte über die Dächer bis zum Fernsehturm, und huschte wieder zurück in die Wohnung.

Leider hatte ich es trotz diverser verzweifelter Versuche bisher noch nicht geschafft, mit der Fernbedienung heimlich den Fernseher zu starten, oder wie Diego einfach meine eigenen Filme an die Wand zu werfen. Auch das hatte ich inzwischen natürlich mehrfach versucht, aber leider nichts als Löcher in die Luft vor der Wand gestarrt, bis meine Augen brannten wie Feuer. Ich musste mir die lange Zeit bis zum Abend also anders vertreiben.

Ich legte mich auf mein Lieblingsseidenkissen und ließ die aufregenden Erlebnisse der letzten Wochen in allen Details Revue passieren, und nachdem ich mich ausgiebig für meine Heldenhaftigkeit bewundert hatte, döste ich einfach noch ein bisschen vor mich hin. Aber bei jedem Geräusch aus dem Hausflur setzte ich mich kerzengerade auf und wartete auf das Klackern des Schlüssels in der Wohnungstür. Nach einer gefühlten Ewigkeit war es endlich soweit. Elinor war zurück! Ich hatte mir natürlich längst wieder Bens Visitenkarte geschnappt, die sie auf das kleine Tischchen im Flur gelegt hatte. Ich wollte ganz sichergehen, dass sie sich noch an ihr gestriges Versprechen erinnern und Ben auch wirklich anrufen würde. Also ließ ich sie erstmal wie üblich die Schuhe in hohem Bogen von sich werfen und neben mir auf der Couch Platz nehmen.

„Ach, Catmandu, heute war es wieder ziemlich anstrengend! Ich hatte eine Kundin, die wollte unbedingt, dass ich ihr schwarz-weiße Strähnchen mache, und jetzt sieht sie aus", sie seufzte, „wie ein Streifenhörnchen!"

Ich liebte Streifenhörnchen, vor allem wenn ich sie ein bisschen herumjagen konnte, aber Zweibeiner sollten dieses auffällige Muster auf ihrem Kopf eher meiden. Ich hätte also wirklich sehr gerne gelacht, weil ich mir genau vorstellen konnte, wie diese Frau jetzt aussah.   Aber ich wollte ja nicht durch respektlos scheinendes Verhalten die geplante wichtige Aktion gefährden. Also riss ich mich zusammen und hörte noch einige Minuten lang geduldig zu, was Elinor aus ihrem Friseursalon berichtete, während sie mich sanft kraulte. Als sie sich schließlich etwas entspannt hatte, hielt ich den Zeitpunkt für gekommen und schubste mit der Pfote vorsichtig die Visitenkarte vom Seidenkissen herunter direkt auf Elinors Schoß. Sie stutzte, verstand dann aber natürlich sofort. Sie war ganz sicher die klügste Elinor, die es gab.

„Catmandu, du kleiner Schelm! Was habe ich da nur für einen schlauen Kater!"

Elinor nahm das Kärtchen in die Hand.

„Na gut, du hast gewonnen, ich rufe diesen Ben jetzt an, damit du Ruhe gibst!"

Sie griff nach dem Telefon und wählte. Lautstellen, Elinor, lautstellen!! Ich will mithören, bitte! Und tatsächlich – es klappte. Elinor stellte die Mithörfunktion ein, als wüsste sie, dass ich alles hören wollte und natürlich verstehen konnte, das Ben sagen würde. Ich zerplatzte fast vor Aufregung, ähnlich wie bei meinem allerersten Date mit einer wunderschönen Katzenlady, wo ich so aufgeregt gewesen war, dass ich fast nicht mehr wusste, was ich genau zu tun hatte. Dem Katzengott sei Dank war ich aber an eine erfahrene und geduldige Dame geraten, die mir ganz einfach zeigte, wo es langging.

Jedenfalls fühlte ich mich gerade so ähnlich wie damals, aufgeregt und gleichzeitig auch ein bisschen ängstlich, dass alles doch noch irgendwie in die Hose gehen würde.

„Hallo, Herr Herz!"

Ich entspannte mich schlagartig. Elinor hatte Ben am Telefon.

„Ich weiß nicht, ob Sie sich an mich erinnern, Sie haben", Ben unterbrach sie, er klang richtig erfreut. „Natürlich erinnere ich mich an Sie, Ihr Kater Catmandu ist mir vors Auto gelaufen. Er hat mir nur leider Ihren Namen verschwiegen!" Er lachte. „Und sagen Sie doch bitte Ben zu mir!"

Bens Stimme war auch aus Vierbeinersicht wirklich sehr sexy, und Elinor fand das offenbar auch, denn sie bekam leicht gerötete Bäckchen wie ein Schulmädchen. Ich meinte irgendwo in einer Zeitschrift aus dem Friseursalon gelesen zu haben, dass das ein gutes Zeichen sei, wenn es darum ging, ob eine Frau an einem Mann interessiert war. Ich entspannte mich noch mehr, und ich glaube, ich grinste sogar ein bisschen.

„Oh je, entschuldigen Sie bitte tausend Mal, Ben, aber ich war nach der langen Ungewissheit dann so aufgeregt, als Catmandu wieder vor mir stand, dass ich vermutlich alle Anstandsregeln außer Acht gelassen habe."

Elinor stotterte ein bisschen, was sich sehr niedlich anhörte. Das fand bestimmt auch Ben, jedenfalls fragte er sie sofort nachdem sie sich endlich vorgestellt und noch einmal für meine Rettung bedankt hatte, ob sie nicht Lust auf einen Cappuccino hätte. Die einzig akzeptable Antwort wäre selbstverständlich ein begeistertes JA gewesen. Aber zu meinem Entsetzen stotterte Elinor etwas von wahnsinnig viel Arbeit im Friseursalon und von irgendwelchen Kursen, die sie angeblich jeden Abend besuchte, und die es aber, wie ich sehr wohl wusste, definitiv gar nicht gab. Elinor saß jeden Abend mit mir auf der Couch und schaute Doug mit den Sternchenaugen, dem sexbesessenen Charlie Harper und Sherlock Holmes bei ihren Abenteuern zu. War sie verrückt geworden? Traummann, Elinor! Hochzeit, Elinor! Ein Baby, Elinor! Das wolltest du doch alles! Du musst jetzt doch nur noch zugreifen, und dann: Happy Wife – Happy Life! Ich war fassungslos.

Als Elinor sich von dem hörbar enttäuschten Ben verabschiedet und aufgelegt hatte, wandte sie sich zu mir um. Aus ihrer Sicht hatte sie genau das getan, was ich wollte, nämlich sich bei Ben für meine Rettung bedankt. Deshalb sah sie mich nun auch beifallheischend an, als erwarte sie, einen überaus zufriedenen Catmandu zu sehen, der ihr jetzt dankbar um die Beine streichen würde. Was sie dagegen sah, war wohl eine Art Katzenfurie, so jedenfalls musste ich ihren erschrockenen Gesichtsausdruck deuten. Da niemand außer mir im Raum war, war wohl ich diese Furie, und tatsächlich merkte ich, dass ich eine Grimasse zog und sogar ein bisschen fauchte. Ich starrte Elinor so streng und durchdringend an, dass keine weitere Erklärung nötig war und selbst ein Nullchecker in puncto Katzenblickelesen genau verstanden hätte, was in mir vorging. Ich erschrak fast vor mir selbst, denn ich war zwar zweifellos ein eitler, aber auf keinen Fall ein bösartiger Kater, und meine Elinor hatte ich noch nie in meinem ganzen Katzenleben angefaucht oder auch nur ansatzweise böse angestarrt. Aber ich konnte einfach nicht anders, denn hier stand schließlich unser Glück auf dem Spiel, und wenn ich mit Schmusereien und niedlichen Blicken nicht weiterkam, musste ich eben auch einmal BadCat spielen. Es war ja schließlich zu unserer beider Besten.

„Catmandu, was hast du denn?"

Elinor sah fast verängstigt aus und wagte noch nicht einmal die Hand auszustrecken, um mich wie sonst unterm Kinn zu kraulen. Wahrscheinlich dachte sie, ich würde jetzt auch noch meine Krallen ausfahren.

„Ich habe Ben wie versprochen angerufen, du hast es doch gehört!"

Als sie das sagte, wirkte sie allerdings fast ein bisschen schuldbewusst, eigentlich so, als wüsste sie im Grunde ganz genau, dass ich noch etwas ganz anderes von dem Gespräch erwartet hatte. Und weil ich ihr nun einfach ein für allemal klarmachen musste, was genau ich mir vorstellte, verließ ich mit einem vermutlich selbst für Menschenohren leicht genervt klingenden Seufzer mein Lieblingskissen und lief in die Küche. Ich sprang auf den Küchentisch und klemmte mir den bunten Flyer, den Elinor gestern dort abgelegt hatte, zwischen die Zähne. Es war Werbung für ein schickes neues Café am Bahnhof Zoo, mit einer riesigen Kaffeetasse auf der Vorderseite und dem auffällig gestalteten Slogan „JETZT EIN CAPPUCCINO!". Wenn ich schon nicht sprechen konnte, so musste ich mich eben mit anderen Mitteln verständlich machen, und wenn der freundliche Werbegrafiker mir schon so eine Steilvorlage lieferte, dann musste ich sie natürlich auch nutzen! Also ging ich zurück ins Wohnzimmer, setzte mich vor Elinor auf den Boden, legte den Kopf zurück und präsentierte ihr diese doch wohl unmissverständliche Botschaft. In einem Winkel meines Herzens ahnte ich, dass das die allerletzte Chance sein würde, Elinor mit Ben zusammenzubringen, und deshalb würde ich so lange mit hochgehaltenem Flyer hier sitzen bleiben, bis Elinor Ben noch einmal anrief und sich mit ihm zum Cappuccino verabredete. Oder bis ich tot umfiel. Allerdings bevorzugte ich definitiv erstere Variante, auch weil ich lieber nicht so schnell herausfinden wollte, ob ich im Katzenparadies oder wie Diego im Katzenfegefeuer landen würde.

„Jetzt ein Cappuccino?"

Elinor krauste die Stirn.

„Ist es das, was du wolltest, Catmandu? Dass ich Bens Einladung annehme?"

Ach Elinor, das wurde aber auch Zeit! Du bist doch die schönste, liebste und klügste Elinor, die es gibt, aber das war jetzt wirklich eine schwere Geburt, wie ihr Zweibeiner sagen würdet.

„Okay, ich rufe ihn morgen an, und" Wie bitte, Elinor? Ich schoss den strengsten Blick, dessen ich fähig war, zu ihr hoch „äh, nein, gleich nachher rufe ich Ben nochmal an, okay?"

Und wie okay das war! Mit einem großen Seufzer der Erleichterung ließ ich den Flyer, der zwischen meinen Zähnen so langsam aufweichte wie die Pappe unter einer Lieferpizza, auf den Boden fallen und sprang zu Elinor auf die Couch. Nun waren wir wieder ein Herz und eine Seele, sie kuschelte mich durch, ich schnurrte behaglich, und nachdem ich sie vorsorglich immer wieder von der Seite angezwinkert hatte, rief sie Ben endlich an. Sie erklärte ihm, dass ihr Kurs soeben abgesagt worden sei, und sie verabredeten sich für den nächsten Abend auf einen Cappuccino in dem neuen Café.

Es lag also wieder ein endloser Gummiband-Tag vor mir, aber weil ich davon ausging, dass das der letzte dieser Art sein würde, beschloss ich, ihn mit blühend ausgeschmückten Vorstellungen unserer künftigen glücklichen Dreierbeziehung und mit Erinnerungen an die verrückten Erlebnisse mit Slumcat Diego zu verbringen.

So sehr ich mir das auch gewünscht hatte, Elinor nahm mich natürlich nicht mit zu dem Treffen mit Ben. Als sie nach vier endlos langen Stunden endlich zurückkam, stand ich bereits direkt neben der Eingangstür und sah erwartungsvoll zu ihr hoch. Vier Stunden! Das konnte nur bedeuten, dass Elinor endlich die Sternchen in Bens Augen entdeckt und erkannt hatte, dass sie ihren Traummann vor sich hatte. Wer hielt es sonst so lange auf einem dieser unbequemen Caféhausstühle aus, es sei denn, man wollte unbedingt so lange wie möglich mit seinem Gegenüber verbringen?

Ich platzte fast vor Neugierde. Aber obwohl ich ihr mehrmals um die Beine strich und sie dadurch einmal fast zu Fall brachte, beachtete Elinor mich gar nicht, sondern warf nur an der Garderobe den Mantel ab, zog das Handy aus der Handtasche und ließ sich auf die Couch fallen. Und irgendwie sah sie leider gar nicht so aus, wie man meiner Meinung nach aussehen sollte, wenn man direkt in eine glückliche Dreierbeziehung steuerte. Sie wählte eine Nummer.

„Hallo Mel, ich muss unbedingt mit dir reden!"

Das machte mich noch besorgter. Melanie war – außer mir natürlich - immer ihr erster Ansprechpartner, wenn es Probleme oder Sorgen gab. Was um Himmels willen konnte es jetzt noch für Probleme geben? Sollte Ben etwa meine Elinor zurückgewiesen haben? Nein, das war völlig undenkbar.

„Oh, sorry, Mel, du bist noch im Studio. Soll ich dich später nochmal anrufen?"

Elinor drehte nervös an dem silbernen Verschlussknopf ihrer Jeans. Das machte sie nur, wenn etwas ziemlich schiefgelaufen war. Ich konnte vor Aufregung nicht mehr aufhören zu zwinkern. „Okay, bis gleich!" Sie legte auf, ging in die Küche und machte sich einen Kaffee. Dann stand sie mit ihrem Kaffeebecher an der Frühstückstheke und schaute traurig zu mir herüber.

Was war bloß geschehen? Sonst erzählte sie mir doch immer alles, sie hatte mir doch sogar von dem tollen Sex mit Oskar erzählt – etwas, das ich eigentlich lieber nicht hätte hören wollen und was ich offen gesagt auch in Erinnerung an seine mickrige Begattungsausstattung nicht wirklich glauben konnte. Aber was heute Abend zwischen Ben und ihr passiert war, das musste ich um alles in der Welt wissen. Sollte ich mich so in ihm getäuscht haben? Hatte er sich etwa danebenbenommen? Er hatte Sternchen in den Augen, war der weltbeste Katzenversteher und war einfach ein ungemein sympathischer und dazu noch ein sogar aus Katzenperspektive sehr attraktiver Typ. Was konnte mit ihm nicht stimmen?

Endlich klingelte das Handy.

„Hallo Mel, danke, dass du so schnell zurückrufst."

Ich spitzte die Ohren so sehr, dass sie mir hinterher noch eine Stunde lang wehtaten. Lautstellen, Elinor! Lautstellen! Ich musste ja schließlich auch hören, was Melanie erwidern und ihr raten würde. Melanie war zugegebenermaßen immer eine ausgezeichnete Ratgeberin, aber in diesem besonderen Fall war eindeutig ich die einzige Instanz, die zählte. Es ging schließlich um unsere glückliche Dreierbeziehung. Elinor stellte auf Lauthören.

„Schieß los, was ist passiert, Elinor?"

Ich liebte Melanies schöne Stimme und auch dieses Mal wieder die Art, wie sie immer gleich zum Punkt kam. So konnte ich meine Ohren etwas schonen, anstatt sie wegen irgendwelcher

Nebensächlichkeiten wie Brownierezepten oder Promiklatsch aus New York überstrapazieren zu müssen.

„Mel, ich war vorhin mit dem Mann verabredet, der mir Catmandu zurückgebracht hat. Ich hatte dir ja von ihm erzählt, Ben." Ja, und weiter? Komm zum Punkt, Elinor! „Es war wirklich ein schöner Abend, so gut habe ich mich schon lange nicht mehr unterhalten."

Elinor drehte wieder nervös an dem silbernen Verschlussknopf ihrer Jeans. Ich zwinkerte.

„Okay, du klingst aber irgendwie nicht gerade glücklich, Elinor! Wo ist das Problem? Hört sich doch eigentlich alles super an!"

Melanie schien etwas in Zeitdruck zu sein, was mir nur recht war.

„Er hat auch wirklich interessiert gewirkt, hat mich nach allem Möglichen gefragt und auch ganz viel von sich erzählt."

Elinor ließ endlich den Knopf los und griff stattdessen wieder zum Kaffeebecher.

„Dass er Single ist und einfach bisher noch nicht die Richtige gefunden hat, aber keine Kompromissbeziehung eingehen will."

Jawohl – das war mein Ben! Mein Ben für meine Elinor.

„Klingt für mein Verständnis immer noch super. Wo ist der Haken, Elinor?"

Melanie war auf die Aufklärung vermutlich genauso gespannt wie ich.

„Wir haben uns dann für ein weiteres Treffen verabredet, auf das ich mich schon richtig gefreut hatte. Ehrlich gesagt hatte ich sogar Schmetterlinge im Bauch, Melanie! Aber dann," Elinor seufzte, „als wir uns vor dem Café verabschiedet hatten und ich zum einige Minuten entfernten Parkplatz gegangen war," sie seufzte noch einmal, „hatte ich gemerkt, dass ich meine Handtasche nicht mehr habe."

Aha, und? Ich runzelte die Stirn, was zusätzlich zum Ohrenspitzen anstrengender war als es klingt.

„Und was ist dann passiert, Elinor? Hat er sie etwa geklaut?" Melanie wollte wohl einen auflockernden Scherz machen, aber Elinor brach plötzlich in Tränen aus.

„Oh Gott, er hat tatsächlich deine Handtasche geklaut, Elinor?" rief Melanie ungläubig.

„Nein, Mel, viel schlimmer. Er hat eine Freundin, er hat mich angelogen! Er ist gar nicht Single, er sucht wohl nur ein Sexabenteuer!"

Das schlug bei mir ein wie eine Bombe. Ben mit den Sternchenaugen ein Casanova, der sich vielleicht nur mal mit Elinor vergnügen wollte? Niemals! Ich weigerte mich, das zu glauben.

„Woher willst du das denn wissen, Elinor?"

Gute Frage, Melanie. Das würde mich auch interessieren, woher Elinor diese absurden Fakenews hatte.

„Eine junge sexy Blondine, sie hat ihn am Café abgeholt, als ich gerade um die Ecke bog, um im Cafè meine Handtasche abzuholen." Elinor schniefte. „Sie haben sich umarmt und geküsst und sind dann eng umschlungen zum Parkhaus gelaufen. Da gibt es ja wohl nichts mehr misszuverstehen." Sie schniefte wieder.

Hm. Ich war irritiert. Das klang tatsächlich unmissverständlich. Aber es konnte einfach nicht sein. Ich konnte mich in Ben nicht derart getäuscht haben.

„Ach du Schande, was für ein Mistkerl! Das tut mir wirklich unendlich leid für dich, Elinor!"

Melanie klang sehr mitfühlend, schließlich war sie ja selbst immer wieder von irgendwelchen windigen Typen an der Nase herumgeführt worden, bevor sie endlich ihre diamantene Nadel im Heuhaufen fand.

„Ich wäre jetzt wirklich wahnsinnig gerne bei dir in Berlin, dann würden wir einen Mädelsabend machen und mit deinem

Lieblings-Cremant deine Sorgen im Nirwana versenken. Aber ich kann leider nicht hier weg, wir sind mitten in einer aufwändigen Produktion, bei der ich moderiere. Ach, Elinor!" Sie seufzte traurig. „Du musst diesen Typen so schnell wie möglich vergessen. Nicht hingehen, keine Anrufe von ihm entgegennehmen, keine Mails lesen! Vergiss ihn!"

Grundsätzlich hatte Melanie ja Recht, aber irgendwie sagten mir meine Katzenantennen, dass das in diesem Fall die falsche Strategie wäre. Aber leider sah die Situation trotzdem ziemlich eindeutig aus, da ließ sich nichts schönreden. Insofern war Ben die größte Enttäuschung meines sechsten Katzenlebens. Die fünf davor hatten natürlich auch so manche unangenehme Überraschung bereitgehalten, aber die hier war eindeutig die schlimmste.

Die beiden unterhielten sich noch ein Weilchen, und Melanie gab ihr Bestes, um Elinor wieder etwas aufzuheitern. Aber die Stimmung war genauso wie bei mir so tief im Keller angekommen, dass wir anschließend noch nicht einmal Coachpotatoes spielten, sondern Elinor ins Bett und ich aufs Dach ging, um melancholisch den Vollmond anzustarren. Für die zwei durchaus hübschen Katzenladies, die maunzend um mich herumscharwenzelten, hatte ich heute weder Augen noch Energie, und so zogen sie offensichtlich beleidigt ab.

Ich blieb noch ein Weilchen oben, aber als sich immer mehr interessierte Katzenladies versammelten, weil sie offenbar von meinem mitternächtlichen Rekord gehört hatten, machte ich mich schnell davon.

Ich brauchte jetzt meinen Schlaf, um fit zu sein für das Finale dieser bisher leider erfolglosen Lovestory. Wenn man einmal fast im gierigen Schlund eines Frikadellenformers gelandet war, gab es danach nichts mehr, das einem zu schwierig oder aussichtslos vorkommen konnte. Ich würde nicht aufgeben!

In dieser Nacht träumte ich von Diego, der mir aufmunternd zuzwinkerte, und das war ein gutes Zeichen, da war ich mir ganz sicher.

Ich hatte in dieser Nacht zwar tatsächlich hervorragend geschlafen und war topfit, als Elinors Wecker klingelte. Aber die harte Realität hatte mich wieder eingeholt und meine Euphorie doch etwas gedämpft: Elinor würde morgen nicht zu der Verabredung gehen. Elinor würde keine Anrufe von Ben entgegennehmen und keine Mails von ihm lesen. Sie würde ihn einfach aus ihrem Leben streichen, als habe es ihn nie gegeben. Auf den ersten Blick war da im Grunde nicht die winzigste Chance auf eine glückliche Wendung der Dinge zu erkennen. Schließlich hatte ich ja keinerlei Möglichkeit, ihn anzurufen oder ihm eine Mail zu schicken, um das Ganze vielleicht doch noch aufzuklären. Wir Katzen können lesen, und wir verstehen alles. Aber Zweibeiner haben nicht die geringste Ahnung, wie frustrierend es ist, wenn man zwar etwas hören, aber darauf nicht antworten kann, außer mit solchen Aktionen wie die mit dem Werbeflyer - Glücksfälle, die leider so selten sind wie vierblättrige Kleeblätter. Ich wusste also tatsächlich nicht, was ich jetzt noch tun konnte. Elinor ging zur Arbeit, und als sie abends wiederkam, wusste ich es immer noch nicht. Nachdem wir gegessen und Sherlock Holmes beim eleganten Lösen zweier besonders komplizierter Fälle zugesehen hatten, war es schon wieder Schlafenszeit. Jedenfalls für Elinor. Ich dagegen machte mich auf den Weg zum Dach, denn so wie Sherlock Holmes seinen Freund Dr. Watson hatte, so hatte ich meinen alten Kumpel Eddy, der in der Vergangenheit immer wieder für sehr überraschende Erkenntnisse gut gewesen war. Ich hoffte, dass er sich heute mal wieder hier oben blicken ließ, denn ich brauchte dringend seinen Rat.

Und tatsächlich, Eddy grinste mir schon gut gelaunt entgegen, als ich das Dach betrat.

„Hey, Catmandu, du alter Casanova!"

Er grinste noch breiter.

„Es hat sich auf fast allen Dächern herumgesprochen, welche Glanzleistung du neulich vollbracht hast! Glückwunsch, mein superpotenter Freund!"

Eddy war wirklich der großzügigste Kater, den ich kannte. Er gönnte anderen neidlos Siege und Rekorde, die er selbst wegen seiner fehlenden *Cojones* niemals würde erreichen oder brechen können. Guter alter Eddy! Auch wenn es mir schwerfallen würde, auf Elinors fantastische Leckerlis zu verzichten, musste ich morgen unbedingt ein paar davon abzweigen und zu Eddy aufs Dach bringen. Elinors selbstgemachte Leckerlis waren unschlagbar, und wenigstens diesen Genuss sollte mein guter Kumpel hin und wieder noch haben, wenn ihm schon andere Genüsse für immer verwehrt blieben.

„Danke, Eddy. Aber das ist wirklich nicht der Rede wert. Ich finde deinen damaligen Weitsprungrekord viel legendärer, und auf den Dächern sprechen sie noch heute ganz neidisch davon!"

Eddy hatte vor fünf Jahren, bevor man ihm heimtückisch seine Männlichkeit geraubt hatte, mutig einen bedrohlich gähnenden Abgrund zwischen zwei Dächern übersprungen, nur um zu der von ihm und natürlich allen anderen heiß begehrten ägyptischen Katzenlady Cleopatra zu gelangen. Alle die zugesehen hatten, waren sicher, dass er es nicht bis zur anderen Seite schaffen, sondern stattdessen wie ein Stein in die Tiefe stürzen und als Katzenmatsch auf der Terrasse des Hausmeisters enden würde, so wie es Kater Frodo bereits ergangen war. Aber nein – Eddy schoss wie aus einer Kanone abgefeuert hinüber aufs andere Dach, und dann erntete er bei Cleopatra ausführlich die verdienten Lorbeeren.

„Ja, Catmandu, das waren noch Zeiten!"

Eddy seufzte wehmütig und sah zum anderen Dach hinüber.

„Das würde ich heute nicht mehr schaffen. Aber man muss ja auch nicht alles wiederholen, und Cleopatra weilt ja eh nicht mehr unter uns." Er seufzte wieder. Cleopatra war einige Zeit nach Beginn ihrer Affäre beim Versuch, ihn mit einem Besuch zu überraschen, nicht weit genug gesprungen, und hatte das traurige Schicksal von Kater Frodo auf der Terrasse des Hausmeisters geteilt.

„Aber lass uns lieber nicht von alten Zeiten reden, Eddy. Ich brauche mal wieder deinen Rat!"

Ich wollte meinen Freund von trüben Gedanken ablenken, und genauso wollte ich aber natürlich auch hören, was er zu der verfahrenen Situation in Sachen „Glückliche Dreierbeziehung" zu sagen hatte. Ich berichtete ihm haarklein, was geschehen war, und beobachtete ihn gespannt. Eddy war wie ein offenes Buch, man konnte ihm immer sofort ansehen, was er dachte und fühlte, was natürlich häufig ungünstig für ihn ausgegangen war, wenn es um Revierkämpfe ging. Wenn ein Gegner dich durchschaut, hast du bereits verloren. Diese Erfahrung hatte ich selbst leider auch einige Male machen müssen, bis ich endlich gelernt hatte, ein undurchdringliches Pokerface aufzusetzen wie ein Mafioso. Eddy sah leider sehr skeptisch aus.

„Das ist tatsächlich ein schwieriges Problem, mein Freund! Scheint sogar ziemlich unlösbar."

Mein Herz sank etwas tiefer. Ich hatte wohl gehofft, er würde wie aus der Pistole geschossen mit einer genialen Lösung aufwarten, die ich dann nur noch mühelos umzusetzen brauchte. Stattdessen sah es so aus, als ob auch Eddy mit seinem Katzenlatein am Ende wäre.

„Aber ich habe da eine Idee!"

Guter alter Eddy, du hast eine Idee! Ich wusste doch, dass du mich nicht im Stich lassen würdest! Ich hätte weinen können vor Glück und schaute ihn mit weit aufgerissenen Augen an.

„Was für eine Idee, Eddy? Bitte spann' mich nicht auf die Folter!"

Eddy lachte sein herrliches brummendes Katerlachen.

„Da wärst du bestimmt auch noch selber draufgekommen, Kumpel! Hast du mir nicht mal erzählt, dass Elinor", ich unterbrach ihn aufgeregt, „Was, was hat Elinor, Eddy, was?"

Eddy lachte wieder. „Geduld, mein Freund! Also warst du nicht mal mit Elinor bei so einer merkwürdigen Frau, einer Madame…" Er stoppte und runzelte die Stirn.

„Madame Agatha, die Wahrsagerin? Ja, da waren wir. Und?"
Ich saß vermutlich so fest auf der Leitung, dass man mich noch nicht mal mit einem Kran von ihr runterbekommen hätte.

„War das nicht die, die herausbekommen hatte, dass du der Grund warst, warum Elinor alle Männer weglaufen?"
Schlagartig erinnerte ich mich an Madame Agatha, die wie Chucky, die Mörderpuppe, gespenstisch langsam den Kopf gedreht und mich mit einem ziemlich gruseligen Blick angestarrt hatte. Und mich zu meinem Entsetzen eindeutig als den Männervergrauler entlarvt hatte.

„Ja, und?" Ich saß noch immer auf der Leitung.

„Ich schlage vor, Catmandu, dass ihr nochmal zu dieser Madame geht und Elinor sich von ihr die Karten legen lässt wegen der Sache mit Ben!"

Endlich merkte ich, dass ich auf der Leitung saß. Natürlich – das war die Lösung! Wir würden wieder Madame Agatha konsultieren, die wiederum wieder ihren merkwürdigen Meister Proper konsultieren und dramatisch die Augen rollen würde, und am Ende würden wir wissen, was es mit Bens sexy Blondine auf sich hatte. Auch wenn ich ja im Grunde noch gar nicht wusste, wie das Ganze ausgehen würde, war ich jetzt schlagartig so erleichtert, dass ich mit der Luft, die mich mit einem Seufzer verließ, einen ganzen Fesselballon hätte füllen und zum Aufsteigen bringen können. Und schlagartig kehrte auch mein Appetit zurück, und zwar auf Leckerlis jeglicher Art. Auf Elinors Leckerlis, die für morgen früh schon unten im

Kühlschrank standen, und auf die, die mich gerade vom gegenüberliegenden Dach verführerisch anzwinkerten und erwartungsvoll maunzten.

„Eddy, du bist wirklich unschlagbar! Darauf wäre ich nie gekommen, glaub' mir!"

Eddy war für mich inzwischen irgendwie zum Katzen-Sherlock-Holmes aufgestiegen. Es war Zeit, dass er seine Fähigkeiten kommerziell nutzte – ein kleiner Rat: ein Würstchen, ein großer Rat: frische Kalbsleber oder etwas ähnlich Leckeres. Aber bevor ich ihm das vorschlagen würde, musste ich zuerst herausfinden, wie ich Elinor überhaupt dazu bringen konnte, Madame Agatha aufzusuchen.

„Hat Elinor denn keinen Werbeflyer oder eine Visitenkarte von dieser Madame?"

Eddy stellte auch immer die richtigen Fragen.

„Doch, so ein Ding liegt auf dem Tischchen im Flur, neben der Telefonladestation. Hab' ich gesehen!"

Eddy grinste zufrieden. „Na also, dann brauchst du doch nur denselben Trick anzuwenden wie neulich mit dem Werbeflyer vom Café!" Er schaute mich triumphierend an. „Schnapp dir das Ding, und dann einfach Elinor vor die Füße legen – notfalls so lange, bis sie es kapiert."

Warum war ich eigentlich nicht schon selbst auf diese Idee gekommen? Das würde definitiv funktionieren, das wusste ich. Und ich würde natürlich nicht lockerlassen, bis wir auf dem klapprigen Campingstuhl in Madame Agathas vollgemüllter Besenkammer gelandet waren und sie uns erzählte, was es mit Ben und dieser jungen sexy Blondine auf sich hatte.

„Eddy, du bist unschlagbar, und dein Plan auch! Ich werde sofort losdüsen und mir Madame Agathas Angeberzettel krallen, damit ich ihn morgen früh gleich vor Elinors Füße legen kann."

Ich gab dem zufrieden grinsenden Eddy noch eine High Five, und dann sahen er und die offensichtlich enttäuschten Katzenladies vom gegenüberliegenden Dach nur noch eine Staubwolke von mir, obwohl Fräulein Antjes Lavendelpuder längst aus meinem Fell verschwunden war.

Vergnügen konnte ich mich auch morgen noch – jetzt war Action anderer Art angesagt!

Madame Agathas in Folie eingeschweißten Werbewisch vom Tisch zu angeln, war wirklich eine Kleinigkeit für akrobatische Talente wie mich. Ich warf dabei zwar fast Elinors Lieblingsvase um, aber es ging gerade nochmal gut. Der Flyer landete auf dem Boden, ich nahm ihn zwischen die Zähne, trug ihn ins Schlafzimmer und legte ihn dort auf Elinors niedliche Tigerpfotenpantoffeln, die neben dem Bett standen. Dann blieb ich einfach so geduldig es mir möglich war daneben sitzen und wartete. Als Elinor noch schlaftrunken vom Bett aus mit dem einen Fuß nach dem Schuh angelte, landeten ihre nackten Zehen auf dem kalten Plastik, und sie zuckte erschrocken zurück. Ihr Kopf tauchte über dem Bettrand auf und sie sah mich und das Ding auf ihren Pantoffeln fragend an. Und dann geschah ein kleines Wunder. Obwohl ich mich darauf eingerichtet hatte, ihr Madame Agathas Konterfei tagelang immer wieder vor die Füße legen zu müssen, bevor sie verstand, worauf ich hinauswollte, begriff sie es dieses Mal offenbar sofort. Meine letzte vergleichbare Aktion hatte offensichtlich Eindruck hinterlassen.

„Oh, du willst, dass wir zu Madame Agatha gehen, Catmandu?" murmelte sie noch halb verschlafen, während sie den Flyer aufhob und in die Pantoffeln schlüpfte.

Sie sah mich fragend an, und ich zwinkerte zwei Mal.

„Wegen Ben?" Na, wegen wem denn sonst, Elinor! Und bitte ruf' Agatha gleich an und lass dir für heute Abend einen Termin geben.

„Na gut, Catmandu. Ich rufe gleich an und lasse mir für heute Abend einen Termin geben!"

Ich war begeistert. Unsere Kommunikation klappte wirklich immer besser. Dann hörte ich zu, wie Elinor mit Madame Agatha sprach und tatsächlich für 19 Uhr einen Termin bekam. Die Zeit bis dahin würde vermutlich wieder äußerst langsam vergehen, aber ich beschloss, sie mir erneut mit Erinnerungen an Diego zu vertreiben. Das klappte so hervorragend, dass ich sogar fast überhört hätte, wie Elinor von der Arbeit kam, um mich abzuholen. Sie kraulte mich sanft unterm Kinn, um mich aus dem Reich meiner Erinnerungen zu holen.

„Auf geht's, Catmandu! Madame Agatha wartet auf uns!" Das musste man mir nicht zwei Mal sagen, schlagartig war ich hellwach und zwar auch hungrig, folgte Elinor aber natürlich notgedrungen mit knurrendem Magen zum Auto.

Nachher würde mir vermutlich sowieso alles besser schmecken als jetzt, wo ich zwar hungrig, aber viel zu aufgeregt war, um die Leckerlis wirklich richtig genießen zu können.

Kap. 14
Gedränge in der Besenkammer

Zehn Minuten später saßen wir wieder in Madame Agathas „Beratungszimmer", wie sie ihre zweckentfremdete muffige Besenkammer nannte. Ich riskierte einen kurzen Blick auf die Fischlein, die in dem kleinen runden Glas hinter der Madame schwammen. Offenbar waren sie ausgetauscht worden, diese hier waren jedenfalls nicht goldfarben, sondern in Regenbogenfarben gestreift, und wirkten auch sehr munter. Vermutlich waren ihre Vorgänger ins Goldfisch-Nirwana eingegangen, weil sie den Schwachsinn, den sie täglich mitanhören mussten, nicht mehr ertragen hatten. Aber unser damaliger Besuch hatte ja offenbar eine neue Ära der Wahrsagekunst eingeleitet, als dieser Meister Xanitu von sonstwoher erschienen war, um mich zu verpetzen. Das nahm ich ihm zwar nach wie vor ein wenig übel, aber da ich seine hellseherischen Fähigkeiten dieses Mal tatsächlich brauchte, wollte ich nicht wie eine beleidigte Leberwurst wirken, um ihn nicht zu verärgern.

Elinor erzählte Madame Agatha von dem verheißungsvollen Date mit Ben und von der schlimmen Enttäuschung, die dann folgte. Ich hoffte insgeheim, dass der Meister seine hellseherisch völlig unbegabte Schülerin gar nicht erst zu Wort kommen lassen, sondern wieder in sie fahren und selbst aus dem Goldenen Buch der Weisheit vorlesen würde. Leider ließ er sie aber vermutlich zur eigenen Belustigung erst noch ein paar ihrer beliebten Allgemeinplätze zum Aufwärmen von sich geben. Doch dann schien der Meister Gott sei Dank endlich mitten in eines dieser nichtssagenden Zitate aus irgendwelchen

Frauenzeitschriften hineinzuplatzen. Genau wie damals zuckte Madame Agatha plötzlich mit einem völlig erstaunten Gesichtsausdruck zusammen und richtete sich dann stocksteif auf ihrem Campingstuhl auf, um gleich wieder ohne Vorankündigung wie ein Klappmesser in sich zusammenzufallen. Ihre Stirn krachte auf den wackeligen Kartentisch, und mir stellten sich die Nackenhaare auf, denn sie seufzte noch schauerlicher als beim letzten Mal. Dann war Totenstille. Elinor und ich warfen einander besorgte Blicke zu, aber wir beschlossen, abzuwarten. Nach einer gefühlten Ewigkeit stieß Madame Agatha wieder in reinstem Hochdeutsch einige Sätze hervor. Offenbar war die Belehrung diesmal etwas umfangreicher ausgefallen.

„Ja, ich habe verstanden! Ja, nie mehr, versprochen! Nein, bitte, wirklich nicht nötig!"

Sie wackelte so heftig mit dem Kopf, dass ich Angst hatte, ihr schmuddeliger Turban würde herunterfallen und mir vor die Pfoten rollen. Aber auch dieses Mal saß er wie festbetoniert.

„Aha, ja, das ist wirklich sehr interessant! Wer hätte das gedacht!"

Sie lachte, was ich besonders gruselig fand, weil es mehr wie eine Mischung aus üblem Raucherhusten und Hyänengeheul klang. Außerdem fragte ich mich, was es bei einem so ernsten Thema zu lachen geben mochte, und hoffte, dass sie jetzt endlich dazu übergehen würde, uns die Geheimbotschaften ihres Meisters zu enthüllen. Ich schnaufte genervt, aber Elinor schüttelte missbilligend den Kopf und warf mir einen tadelnden Blick zu.

„Ja, das richte ich aus! Oh, da wird sie sehr glücklich sein. Danke und Adios!"

Nach diesen kryptischen Worten dauerte es noch einmal eine gefühlte Ewigkeit, bis sie sich ruckartig wieder aufrichtete und einige Male tief ein- und ausatmete.

„Mäddschen, isch jetzt weiß! Andere Seite hat mir genau gezeigt!"

Sie holte tief Luft und nickte mehrmals wichtigtuerisch.

„Ben liebt blondes Mäddschen sährrrr, hibbsches blondes Mäddschen."

Und *darüber* sollte Elinor „sehr glücklich" sein? Dieser Besuch entwickelte sich eindeutig in eine völlig falsche Richtung. Ich traute mich gar nicht, Elinor anzuschauen, ich hatte ihren enttäuschten Seufzer gehört und befürchtete, dass sie Tränen in den Augen hatte. Wie hatte ich sie nur auf die Idee bringen können, sich mit mir in dieser Besenkammer von einer augenrollenden Verrückten und ihrem Chef aus dem Jenseits für ganze 200 Euro bestätigen zu lassen, was doch eh offensichtlich war? Ben, mein Ben, hatte sie belogen und hatte sie nur als Kuscheltier benutzen wollen. Und ich hatte das Ganze auch noch eingefädelt. Tiefer konnte ich ja wohl nicht mehr sinken. Da hatte ich mich aber geirrt, denn genau in dem Augenblick krachte der Campingstuhl unter mir zusammen und ich fiel unter die Tischdecke direkt vor die riesigen nackten Füße der Madame.

„Katärschännn, was passiert?"

Sie lugte unter die Tischdecke, und ich rappelte mich blitzschnell auf, bevor sie mit ihren knochigen Fingern nach mir greifen konnte, um mir das Fell abzuziehen und es gegen ihren schmuddeligen Turban auszutauschen. Ich sprang Elinor auf den Schoß, die mit sehr traurigem Gesicht dasaß.

„Ja, Ben liebt Mäddschen sährrr. Ist sisch so rischdig, weil", sie zog wichtigtuerisch die Augenbrauen hoch und machte eine Pause, für die ihr am liebsten in ihren riesigen großen Zeh gebissen hätte, auch wenn er wirklich nicht sehr appetitlich aussah. Elinor beugte sich mit fragendem Blick nach vorne.

„Weil hibbsche blonde Mäddschen ist", wieder machte die Madame eine Pause, und dann hob sie den rechten Zeigefinger hoch wie eine Bahnschranke, „Ist sie Schwestär von Ben!".

Das schlug ein wie eine Bombe. Das „hibbsche blonde Mäddschen" war nicht Bens verheimlichte Freundin, sondern seine Schwester! Jetzt machte alles andere Sinn: Na klar, auch Bruder und Schwester umarmten und küssten sich. Elinor hatte einfach nur gesehen, wie Ben seine Schwester getroffen hatte und sie Arm in Arm davongegangen waren.

„Aberrr warten, nischt alles, nein!"

Madame Agatha hob nun auch noch den linken Zeigefinger, und dann spielte sie erstmal ihren letzten Trumpf erfolgreich aus.

„Bittä, Sitzung sehrrr ansträngend, vieeel Kräfte weg."

Sie seufzte laut und machte ein Gesicht, als sei sie zu Tode erschöpft, obwohl sie gerade eben noch ausgesehen hatte wie das blühende Leben.

„Und Stuhl kaputt." Sie sah mich streng an.

„Nochmal 200 Euro."

Elinor seufzte, aber natürlich zog sie zwei weitere Scheine aus ihrem Geldbeutel und legte sie zu den anderen in die bereitstehende Messingschale mit der verlogenen Aufschrift „Spenden".

„Danke viel! Jetzt isch wieder Kraft für wischdiges Botschaft!"

Agatha senkte den Kopf und atmete ein paar Mal tief ein und aus. Und dann verdiente sie sich endlich wenigstens ansatzweise die 400 Euro mit den zwei entscheidenden Sätzen: „Ben särrr värliebt in blonde Frau."

Sie grinste und zeigte dabei ihr schauerliches Gebiss, das offenbar schon sehr lange keinen Zahnarzt mehr gesehen hatte.

„Blonde Frau mit Kater. Heißt Elinor."

Sie grinste noch breiter und zeigte mit beiden hochgestreckten Fingern auf Elinor.

„Ben disch liebt!" Elinor stand der Mund offen, und mir vermutlich auch. Wäre diese Botschaft von Madame Agatha gekommen, hätte ich sie selbstverständlich nicht geglaubt. Aber sie kam ja von ihrem Meister, der schon beim letzten Mal alles hundertprozentig korrekt wahrgesagt und mich damit überführt hatte. Ben, mein Ben, war verliebt in meine Elinor! Ich hätte vor Begeisterung hüpfen können wie der Gummiball von Kater Alibert aus dem Nachbarhaus. Und dass Elinor sich genauso fühlte, wusste ich, als ich in ihre wunderschönen himmelblauen Augen sah. Die strahlten nämlich wie seit Langem nicht mehr.

Nach dieser unglaublichen Wendung, die ich zwar eigentlich erhofft, aber offen gesagt nicht wirklich für möglich gehalten hatte, meldete sich auch augenblicklich wieder mein Appetit. Ich legte den Kopf schief und sah Elinor von unten herauf erwartungsvoll an mit meinem allerbezauberndsten „Bitte, bitte jetzt die Leckerlis!"-Blick. Aber Madame Agatha war offenbar immer noch nicht zum Ende gekommen.

„Moment, noch warrrtän!", und noch während sie das „ä" dramatisch in die Länge zog, kippte sie erneut wie eine Marionette nach vorne auf den Kartentisch, richtete sich dieses Mal aber sofort wieder auf, und starrte uns aus nun seltsam grünleuchtenden Augen an.

„Happy Wife – Happy Life! Da staunst du, Alter, was?"

Ich blinzelte vor Schreck schnell hintereinander wie eine defekte Glühbirne. War das etwa…

„Genau, Kumpel, ich bin's. Diego!" Die grünleuchtenden Augen zwinkerten mir schelmisch zu.

Elinor sah mich staunend mit offenem Mund von der Seite an.

„Hab' den verschrobenen Meister vorhin gleich mit meinen Krallen in die Flucht geschlagen und der Trulla mit dem Turban alles verklickert, was sie euch sagen sollte. Hat geklappt!"

Das grüne Leuchten wurde schwächer. „Muss wieder zurück auf mein Regal im Geisterhaus." Diego lachte heiser.

„Hast übrigens Recht: sie ist superhübsch! Also dann, adios, Amigo!"

Noch bevor ich auch nur einen Maunzer herausbringen konnte, war das grüne Leuchten in den Augen von Madame Agatha erloschen. Sie schüttelte sich kurz und heftig wie eine in den Regen gekommene Katze, blinzelte ein paar Mal und schaute uns irritiert an.

„Was das gewäsen? War nischt Meisterrr Xanitu! War gewäsen eine Tiergeist!" Sie sah ein bisschen ängstlich aus.

So wie ich Diego kannte, hatte er sie vermutlich mit einigen überzeugenden Worten über die Kalaschnikows und Macheten zum aufmerksamen Hinhören motiviert. Und vermutlich hatte er auch gleich damit angegeben, dass er angeblich Tausende von Seemeilen bis zum Festland geschwommen war. Guter alter Diego! Ich war etwas traurig, dass ich noch nicht mal zwei Worte mit ihm hatte wechseln können. Aber natürlich war ich ihm für immer dankbar, dass er diese ungewöhnliche Kommunikation übernommen hatte. Denn Meister Xanitu kannte ich nicht wirklich, aber Diego konnte ich auf alle Fälle hundertprozentig vertrauen.

Das war wirklich eine aufregende Sitzung gewesen. Die immer noch völlig überrascht aussehende Elinor nahm mich von ihrem Schoß und bedankte sich überschwänglich bei Madame Agatha, die währenddessen verliebt die Scheinchen streichelte, die sie bereits aus der „Spenden"-Schale genommen hatte und gerade in einer Tasche ihres Kaftans versenken wollte. Aber plötzlich zuckte sie zusammen, als habe sie einen ordentlichen Knuff bekommen, und zu Elinors Überraschung drückte sie ihr unter unverständlichem Gemurmel hastig zwei der vier Scheine wieder in die Hand. Dann rannte sie wie von Furien gehetzt aus der Besenkammer und ließ uns einfach stehen. Diego, du kleiner Schurke! Ich musste lachen. Vermutlich würde sie es künftig nie mehr wagen, jemandem mehr als 200 Euro abzunehmen, die sowieso schon völlig überzogen waren.

Elinor und ich verließen mit einem breiten Grinsen im Gesicht die muffige Besenkammer und fuhren in allerbester Stimmung nach Hause.

Dort wartete dann die nächste Überraschung auf uns. Das rote Lämpchen des Anrufbeantworters blinkte. Elinor startete die Abfrage und hörte von der Küche aus zu, wo sie gerade die bereits für mich vorbereiteten Leckerlis aus dem Kühlschrank zog. Ich erkannte sofort Bens Stimme. Er würde doch hoffentlich die für morgen geplante Verabredung nicht absagen? Hatte sich Diego vielleicht doch getäuscht, und Ben sagte jetzt ab, weil er Elinor nicht mehr sehen wollte? Ich spannte vor Aufregung alle Muskeln an, was ich später ganz sicher schmerzhaft bereuen würde. Nicht umsonst hieß es ja bei Überanstrengung: Muskelkater. „Hallo Elinor! Ich wollte nur fragen, ob es für dich okay wäre, wenn wir uns morgen erst eine Stunde später treffen? Es ist so, dass meine Schwester vorgestern ganz überraschend aus den USA zu Besuch gekommen ist. Wir sehen uns leider nur selten, sie hat aber kurzfristig wegen ihres Jobs in Berlin zu tun und sie fliegt morgen Abend wieder zurück. Ich würde sie gerne zum Flughafen bringen. Wenn ich nichts von dir höre, gehe ich davon aus, dass es für dich okay ist." Dann räusperte er sich und machte eine kurze Pause, die aber Gott sei Dank nicht so lang war, dass der Anrufbeantworter abgeschaltet hätte. „Und ich wollte dir noch sagen, dass ich mich wirklich unglaublich auf unser Treffen freue. Und dass ich hoffe, dass es nicht das letzte bleiben wird." Dann legte er auf, und die Bandansage schaltete sich ein. „Es liegen keine weiteren Nachrichten für Sie vor!". Weder

Elinor noch ich brauchten weitere Nachrichten. Wir wussten jetzt alles, was wir wissen mussten.

Elinor hatte die ganze Zeit mit dem Leckerli-Teller wie zur Salzsäule erstarrt in der Küche gestanden, aber jetzt stellte sie ihn ab und winkte mich zu sich. Ich befand mich immer noch in einer Mischung aus Euphorie und Betäubung, aber Appetit und Hunger ließen sich ja nie wirklich ausschalten. Also machte ich mich gierig über die Leckerlis her und setzte mich dann neben Elinor auf die Couch. Sie rief Melanie in New York an, die natürlich alles haarklein berichtet haben wollte, und ich genoss stolz wie Bolle die Lobeshymnen, die Elinor wegen meiner beiden Werbeflyer-Aktionen auf mich sang. Danach schauten wir uns ausnahmsweise einmal keine unserer Lieblingsserien an, sondern einen sehr romantischen Liebesfilm, der Elinor immer wieder sehnsüchtige Seufzer entlockte, und uns beiden beim Happy End vor Glück Tränen in die Augen trieb.

Am nächsten Abend würde Elinor sich mit Ben treffen. Ich konnte es kaum abwarten, sie hinterher zur Tür hereinkommen zu sehen, denn mein untrügliches Bauchgefühl sagte mir, dass danach alles rasant Fahrt aufnehmen würde.

Ich saß also auch dieses Mal schon Stunden vorher total angespannt neben der Wohnungstür, bis sich endlich der Schlüssel im Schloss drehte. Als sich die Tür öffnete, sah ich zuerst nur einen riesigen Strauß wunderschöner roter Rosen, und dahinter tauchte das Gesicht der vor Glück strahlenden Elinor auf.

In den darauffolgenden zwei Wochen trafen sich die beiden jeden Abend, und dann lud sie ihn endlich zu uns nach Hause ein. Ben sah noch viel besser aus, als ich es in Erinnerung hatte, und er strahlte irgendwie genauso wie Elinor. Er freute sich ganz offensichtlich, mich wiederzusehen, kraulte mich zur Begrüßung ausgiebig und erzählte mir von seiner Katze Adeline, während Elinor eine Kuschelrock-CD auflegte und am wunderschön gedeckten Tisch die Kerzen anzündete.

Nach dem Essen saßen sie auf der Couch, hörten Musik und tranken den Rotwein, den Ben mitgebracht hatte. Als Elvis Presley *Are You Lonesome Tonight* sang, stand Ben auf, zog sie sanft von der Couch und tanzte engumschlungen mit ihr durchs Wohnzimmer. Irgendwann kamen sie dabei dem Schlafzimmer immer näher, und als sie schließlich langsam durch die Tür und auf das Bett zu tanzten, erinnerte ich mich gerade noch rechtzeitig an meine gute Erziehung.

Ich gab der Tür mit der Pfote einen sanften Schubs, so dass sie sich lautlos schloss, und schlich mit einem glücklichen Grinsen im Gesicht aufs Dach.

Der Song von Elvis The Pelvis hatte auch bei mir romantische Gefühle geweckt, und als ich auf dem Dach in mindestens neun grünleuchtende Augenpaare blickte, die mich durch die Dunkelheit erwartungsvoll anwinkerten, hoffte ich inständig, den hohen Erwartungen gewachsen zu sein.

Ich würde jedenfalls mein Bestes geben!

Kap. 15
Happy wife – happy life!

Und heute, fünf Monate später, ist ein ganz besonderer Tag. Ich trage zwar widerwillig, aber der Anlass rechtfertigt es, eine magentafarbene Schleife um den Hals. Genau passend zu den herrlichen Rosen im Strauß der Braut, die so glücklich aussieht, wie ich sie noch nie gesehen habe. Das kränkt mich zwar fast ein bisschen, aber Ben ist auch wirklich ein Prachtexemplar von einem Mann: appetitlich, sexy, klug und mit einem Herzen aus Gold – wie ich! Er trägt keine Baumwoll-Doppelripp-Großvater-Unterhosen, sondern Designershorts, und nicht zu vergessen: Er macht aus frischer Leber, Eidotter und einigen allergeheimsten Zutaten die allerleckersten Katzenleckerlis, die es auf der ganzen Welt gibt. Und *nur für mich*! Und natürlich für Cellulite, Bens allerwunderbarste, flauschigste, anschmiegsamste und überaus süße Katzendame, die mit mir das Körbchen und noch andere entzückende Dinge teilt. Eigentlich heißt sie ja Adeline, aber ich darf sie Cellulite nennen. Cellulite, mein Kumpel Eddy und ich haben einen extra Katzentisch mit einem köstlichen Leckerli-Buffet bekommen.

Und als Ben schließlich seine Braut küssen darf, zwinkert er mir heimlich zu. Oh – wie ich ihn liebe, Leute!

Um es in einem Satz zusammenzufassen: Ich bin nun definitiv im Katzenparadies gelandet!

Ganz zum Schluss ein Hinweis an alle Singlefrauen mit Katern: Mädels, lasst es nicht zu, dass ein egoistischer Kater euch irgendwann zu einer alten Jungfer macht, die ihn (was ihm dann allerdings recht geschähe) auf bestickte Kissen oder Deckchen setzt, mit petersiliengarniertem Döschenfutter vollstopft und ihm im Winter selbstgestrickte Pullover und Socken anzieht.

Notfalls helfen ein paar Tage Katzenpension (sucht am besten die schrecklichste aus) oder mehrmals täglich ein Schild in Katzenaugenhöhe: *„Krallen ziehen"* oder *„Katzenpullover"*. Das hilft. Versprochen!

Mehr von Lexa Holland –
ebenfalls überall im Buchhandel erhältlich:

„DONUTS SIND SÜSS – RACHE AUCH"

Fernsehmoderatorin Melanie Vetter fliegt für eine Gastmoderation nach New York. Was sie dort erlebt, sprengt für sie den Rahmen des Vorstellbaren… Sie findet Big Apple in absoluten Ausnahmezustand vor, in dem Modeschöpfer George Glamour und das amerikanische Lieblingsgebäck Donuts eine entscheidende Rolle spielen.

Glamour ist zwar als Modeschöpfer unbegabt, aber dafür mit anderen, sehr außergewöhnlichen Fähigkeiten ausgestattet, die er rücksichtslos für die Durchsetzung seiner egoistischen Ziele einsetzt. Auch Melanies New Yorker Chef, der gefürchtete Studioboss Harry Shinder, der im Keller seines Hauses ein dunkles Geheimnis hütet, weiß sich die entstandene Hysterie auf perfide Weise zunutze zu machen, und sogar Melanie fällt schließlich auf die Methoden von George Glamour herein und gerät unaufhaltsam in den Sog der Ereignisse.

Nach allerhand spannenden und kuriosen Wendungen werden Glamour und Shinder dann aber auf unerwartete Weise von den Folgen ihres rücksichtslosen Verhaltens eingeholt, und in einem großen Showdown überstürzen sich schließlich die Ereignisse auch für Melanie.

Lies! Mir! Vor!
Gute-Nacht-Geschichten mit Special Effects!

Gute-Nacht-Geschichten mit Special Effects! Verzaubern Sie Ihre kleinen Zuhörer mit diesen Geschichten, in die ganz besondere Effekte eingebaut sind, die alles sehr authentisch erleben lassen (für Kinder ab 3 Jahren).